dtv Reihe Hanser

Lisa Nicol

VINCENT
und das
Großartigste Hotel der Welt

Aus dem Englischen
von Susanne Hornfeck

dtv

MIX
Papier aus verantwortungsvollen Quellen
FSC® C014496

2. Auflage 2021
2021 dtv Verlagsgesellschaft mbH & Co. KG, München

Titel der Originalausgabe:
›Vincent and the Grandest Hotel on Earth‹
Originally published by Puffin Books, an imprint of
Penguin Random House Australia Pty Ltd, in 2019
Published by arrangement with Pippin Properties, Inc.
through Rights People, London

Umschlaggestaltung und -illustration: Chloe Bristol
Gesetzt aus der Palatino LT
Satz: Fotosatz Amann, Memmingen
Druck und Bindung: GGP Media GmbH, Pößneck
Printed in Germany · ISBN 978-3-423-64082-4

Für Kate, Paul, Jacob & Liam

Bevor wir anfangen …

Gebt mir nur einen Moment, damit ich etwas über Momente sagen kann …

Nicht alle Momente in der Zeit sind gleich. Es gibt welche, die alles verändern, die dich auf einen völlig anderen Kurs bringen und dein Leben für immer verwandeln. Momente, nach denen du nicht mehr der- oder dieselbe bist.

Mit einem solchen Moment beginnt diese Geschichte.

Auf den ersten Blick kommen diese Momente ganz gewöhnlich daher. Erst in der Rückschau, wenn dein Gesicht voller Runzeln ist und unabsichtliches Pupsen zum Alltag gehört, erkennst du, wie MONUMENTAL ein bestimmter Moment war.

So ist er, der MONUMENTALE Moment.

Meist ist er schon um die Ecke, bevor du begreifst, dass alle anderen wichtigen Momente wie mit Leuchtpfeilen auf diesen einen deuten.

Ihr, meine modernen Leser, habt hingegen längst begriffen, dass jemand mit Namen Vincent in diesem speziellen Moment eine ganz entscheidende Rolle spielt.

Und damit liegt ihr völlig richtig.

Aber er war nicht allein. Ich muss noch zwei weitere Personen vorstellen, die auf immer mit diesem Moment in der Zeit verbunden sind. Die Welten dieser beiden Personen wurden nicht nur erschüttert, sondern völlig umgekrempelt, sodass sie am Ende ähnlich weit voneinander entfernt waren wie das Leben eines Schmetterlings von dem der Raupe. (Wobei ich mich frage, ob ein Schmetterling sich daran erinnert, jemals eine Raupe gewesen zu sein. Sicher lässt sich nur sagen, dass wir das niemals wissen werden. Das Leben ist eben voller Rätsel.)

Darf ich vorstellen: Vincent

Vincent lebte in einer ganz gewöhnlichen Stadt namens Barry. Der Name sagt schon alles. Die Art, wie er einem aus dem Mund kullert und wie eine Bleikugel auf die Zehen fällt.

Barry.

Barry stand bestimmt niemals auf einer Liste letzter Wünsche. Oder auf einem T-Shirt von der Sorte I ♥ New York oder London oder Paris. Nach Barry kam man nur, um es auf dem Weg zum Großartigsten Hotel der Welt möglichst schnell hinter sich zu lassen. Vincent und seine Familie wohnten in der Standard Street, gleich unterhalb der Parr Street. Ihr Haus war gewöhnlich. Seine

Kleidung war gewöhnlich. Und auch seine Haare waren gewöhnlich. (Ich muss euch wohl kaum sagen, dass sie braun waren.) Er war von durchschnittlicher Größe und hatte keine besonderen Merkmale – nicht mal Sommersprossen. Mit einem Wort, Vincent war *so* gewöhnlich, dass er nur dann zur Kenntnis genommen wurde, wenn man ihn mit jemand anderem verwechselte.

Und auch in Vincents Familie war niemand bemerkenswert. Sie bestand aus Obstpflückern, Kartenabreißern und Fabrikarbeitern, die sich, so gut es ging, durchs Leben schlugen. So wie wir anderen auch. Aber natürlich ist niemand mehr wirklich gewöhnlich, nachdem man ihn erst einmal kennengelernt hat. Und schon gar nicht nach DIESEM MOMENT.

Darf ich vorstellen: Florence

Es lässt sich kaum ein ungewöhnlicheres Mädchen denken als Florence. Sie wohnte im Großartigsten Hotel der Welt. Ihr voller Name war – wie könnte es anders sein – großartig. Er lautete Florence Vivienne Delilah Everest Wainwright-Cunningham die Dritte. Ihre Garderobe war großartig: milchblaue Samtröcke, Spitzenoberteile, mit Perlen und Federn bestickte, handgenähte Blazer. Und türkisfarbene Stiefel, die beim Gehen blinkten und Bach spielten.

Natürlich war auch ihre Familie großartig. Groß an Größe, an Erfindergeist und Talent, gingen aus ihr großartige Erfinder, Künstler, Spione und Forschungsreisende hervor.

Ihre Tante Violet zum Beispiel war eine berühmte Jazzsängerin, und ihr Onkel Earl der erste Mensch, der von der Kante des Universums sprang. Neunundzwanzig Wainwright-Cunninghams hatten es ins *Guinness-Buch der Rekorde* geschafft. Und dann war da das Hotel ihrer Eltern! Das Großartigste Hotel der Welt, das es natürlich schon wegen seiner schieren Größe ins *Guinness-Buch der Rekorde* geschafft hatte, wie selbst ein Spatzenhirn bereits aus dem Namen folgern kann. (Wisst ihr eigentlich, dass im *Guinness-Buch der Rekorde* auch das *Guinness-Buch der Rekorde* verzeichnet ist? Kein Witz. Nur ein weiteres erheiterndes Welträtsel.)

Aber weiter im Text. Mein Co-Autor hat mir soeben das »Gib-Gas«-Signal gegeben, es ist also höchste Zeit, dass wir unseren Geschichtenwagen endlich auf den Weg und auf Trab bringen. Doch einen weiteren Moment wird er mir wohl gestatten, damit ich ihn vorstellen kann. Schließlich sind in unseren Tagen Co-Autoren so selten wie Rap ohne Schimpfwörter. Deshalb schätze ich mich ja auch so glücklich, einen zu haben.

Zunächst einmal sind sie sehr nützlich. Wenn ich zum Beispiel beschließe, noch vor drei Uhr nachmittags ein Nickerchen zu machen, dann flüstert mein

Co-Autor mir ins Ohr, dass nur Leute mit Windeln um diese Tageszeit schlafen, und bringt mich damit an den Schreibtisch zurück. Und zwar rasch! Er macht mich auch darauf aufmerksam, wenn ich grottenschlechte Witze erzähle – seine Wortwahl, nicht meine. Oder wenn ich alles durcheinanderbringe. Er ist sozusagen der (höchst liebenswerte) Stock, und ich bin die mit Bonbons gefüllte Piñata. Soll heißen, die fallen nicht einfach so vom Himmel. Angeblich gibt es viele Autoren, die keinen Stock brauchen (wie ich höre, gehen die meisten im Morgengrauen zum Joggen), zu denen, moderne Leser, gehöre ich allerdings nicht. Ich wüsste echt nicht, was ich ohne ihn täte. Mein Co-Autor hilft mir nicht nur, die Geschichte zu erzählen; in vielerlei Hinsicht *ist* er die Geschichte.

Klar wie Kloßbrühe, ich weiß, doch sobald die Sache Fahrt aufnimmt, werdet ihr verstehen, was ich damit meine. Glaubt mir. Dafür wird er schon sorgen.

Sollen wir?

KAPITEL 1

Dieser Moment

Und so begab ER sich.

Auf einem geschäftigen Markt, in einer geschäftigen Straße.

Florence und Rupert, der Empfangschef des Hotels, waren auf der Suche nach einem Schuhputzer für ihre Hotelgäste, denn die hatten nicht die Absicht, diese Aufgabe selbst zu erledigen.

An genau diesem Morgen war Vincents Großvater gestorben. Er hatte so gut wie nichts besessen; das Einzige, was er hinterließ, war eine Schuhputzkiste. Er hatte Vincent immer erzählt, dass diese Schuhputzkiste Zauberkraft besaß. »Hat mich um die ganze Welt und zurück gebracht, diese Kiste. Hätte niemals deine Großmutter kennengelernt, wenn dieses gewöhnlich erscheinende Schuhputzzeug nicht gewesen wäre. Und dann, mein lieber Vincent, gäbe es auch dich nicht. Du hättest nie die Chance bekommen, dich dieses wunderbaren Lebens zu erfreuen. Also! Wie lässt sich das anders erklären als durch Zauberkraft?«

Nicht viele Leute würden Vincents Leben als wunderbar bezeichnen, doch so war Vincents Familie. Sie freuten sich an den kleinen Dingen. Es blieb ihnen auch gar nichts anderes übrig. Große Dinge gab es nicht. Weder große Ereignisse noch Abenteuer oder Auszeichnungen. Zumindest nicht bis zu DIESEM MOMENT.

»Hier«, sagte Vincents Vater und überreichte ihm die Schuhputzkiste. »Pa hätte gewollt, dass du sie bekommst. Es würde ihn glücklich machen.«

Er gab Vincent auch noch einen niedrigen Schemel aus Holz – genau die richtige Höhe, um Schuhe zu putzen –, dazu die verbeulte Kiste mit einer Fußstütze auf dem Deckel.

Vincent war begeistert! Er konnte sich nicht erinnern, wann er jemals eine solche Überraschung erlebt hatte. Einfach so, aus heiterem Himmel. Er konnte es überhaupt nicht erwarten, sie auszuprobieren, um zu sehen, ob ein bisschen von Opas Zauberkraft auch auf ihn abfärbte. Natürlich war er traurig, dass sein Großvater gestorben war. Doch Opa hatte ihm mehr als einmal erzählt, dass er genug habe und fünfundachtzig ein stattliches Alter sei. Er sagte, wenn man die eigene Hose nicht mehr hochziehen oder ein schönes Curry mit Bier und ein bisschen Nachtisch genießen kann, ohne dafür büßen zu müssen, dann hätte man keinen Spaß mehr am Leben und solle sich besser vom Acker machen.

Also gab Vincent seinem sonderbar kalten Opa einen Kuss, umarmte ihn und zog mit der neuen, alten Schuhputzkiste los zum Markt unweit des Bahnhofs. Unterwegs überlegte Vincent die ganze Zeit, was er sich von seinem ersten selbst verdienten Schuhputzgeld kaufen würde. Auf jeden Fall eine dicke, fette Tüte Salz-und-Essig-Chips. Und dazu einen dieser blauen Sportdrinks, die eher so aussehen wie das Zeug, das man zum Saubermachen in die Kloschüssel sprüht. Oder vielleicht könnte er ins Kino gehen! Er war noch nie im Kino gewesen.

Am Ziel angelangt, beschloss Vincent, direkt neben dem Eingang zum Bahnhof Stellung zu beziehen, dort, wo der Markt begann. Auf diese Weise, so überlegte er, könnte er sowohl die Marktbesucher als auch die Reisenden als Kunden gewinnen. Gleich darauf entdeckte er ein stilles Eckchen neben dem Snack-Automaten, der, wie es der Zufall wollte, Salz-und-Essig-Chips *und* Sportdrinks im Angebot hatte. *Ist hier vielleicht schon Zauberkraft im Spiel?*, fragte sich Vincent. Er setzte sich auf den Schemel und stellte die Kiste vor sich hin. Dann arrangierte er die Bürste und ein paar Tuben Schuhwichse sorgfältig neben der Fußstütze. So würden die Leute gleich sehen, dass er ein Schuhputzjunge war.

Vincent war SO aufgeregt.

Er konnte noch gar nicht glauben, dass er jetzt

einen Job hatte … praktisch ein eigenes Unternehmen! Keines der Kinder in der Schule hatte so etwas. Vermutlich war er der einzige elfjährige Unternehmer in Barry.

Vincent ordnete seine Bürste und die Tuben neu, damit sie optimal zur Geltung kamen. Mit den Fingern und ein wenig Spucke strich er sein gewöhnliches braunes Haar zurecht. Und während er dasaß und auf Kundschaft wartete, fielen ihm zum ersten Mal die Schuhe der Passanten auf. *Die hätten ein bisschen Wichse dringend nötig! Ich hoffe, der geht nicht so zur Arbeit! Diese Stöckelschuhe sind ganz schön wackelig! Hoffentlich stürzt sie nicht, die Arme … der müssen ja ganz schön die Füße wehtun. Es müsste doch möglich sein, solche Schuhe bequemer zu machen.*

Sofort hatte er ein paar Ideen für neue, komfortablere Schuhdesigns im Kopf. Und in genau diesem Moment begann Vincents Liebe zu den Schuhen. (Entschuldigung, aber dieser Moment ist nicht DER Moment, von dem ich vorhin sprach. Zu DEM kommen wir gleich. Mein Co-Autor hat mich nur eben darauf hingewiesen, dass ich den Kuddelmuddel mit den Momenten klären müsste, denn sonst würde selbst ein begabter, findiger Leser nicht mehr durchblicken.)

Bald darauf kam Vincents erster Kunde. Ein dicker Mann mit einem großen, perfekt gerundeten Bauch, so als hätte er einen Hüpfball verschluckt. Vermutlich konnte er die eigenen Schuhe überhaupt nicht sehen, geschweige denn putzen.

»Wie viel kostet eine Runde, Junge?«, fragte der dicke Mann.

»Äh, hmm.« Vincent hatte sich bisher keine Gedanken gemacht, wie viel er verlangen wollte. Er zögerte. »Wie wär's mit einem Dollar?«

»Da will ich aber vorher sehen, wie gut du bist. Wenn ich zufrieden bin, zahle ich dir einen Dollar, wenn nicht, gibt's weniger.«

Vincent war einverstanden. Er brauchte die Übung ebenso dringend wie den Dollar. Der dicke Mann stellte einen Schuh auf das Podest. Vincent suchte herum, fand die schwarze Schuhwichse und legte los. Nachdem er ordentlich nachpoliert hatte, inspizierte er noch einmal beide Schuhe, ob er auch keine Stelle übersehen hatte.

»Gut«, sagte er. »Ich glaube, jetzt sind sie fertig.«

Der dicke Mann hielt sich an dem Snack-Automaten fest und hob vorsichtig einen Fuß, um Vincents Arbeit zu begutachten.

»Sehr schön!«, erklärte er lächelnd, während sein drittes Kinn im vierten verschwand und das vierte im fünften. »Sehen aus wie neu!«

Vincent spürte ein wunderbares Prickeln im ganzen Körper.

»Hier.« Der dicke Mann zog zwei Dollarmünzen aus der Hosentasche und warf sie Vincent zu. Funkelnd wirbelten sie durch die Luft und landeten – *Pling! Pling!* – auf dem Gehsteig.

Vincent bedankte sich und sammelte sie ein. Er konnte sein Glück kaum fassen. Das war bereits die Hälfte eines Sportdrinks!

Es dauerte nicht lange, bis der zweite Kunde kam und gleich darauf ein weiterer. Doch eine Stunde später, nachdem sich die Masse der Pendler durch die Bahnhofssperre gedrängt hatte, ließ der Kundenstrom allmählich nach.

Vincent wollte gerade seine Tuben neu ordnen, als Florence und Rupert, der Empfangschef des Hotels, auftauchten. (Sollte sich jemand fragen, was der Empfangschef eines Luxushotels zu tun hat, so sei gesagt, dass er den Gästen zu helfen und ihre Probleme zu lösen hat. Beispielsweise um drei Uhr früh ein Taxi finden oder dreitausend rosa Rosenblütenblätter und achtzig Liter Yakmilch auftreiben, weil irgendein vornehmer Pinkel darin baden will.)

»Wie wär's mit ihm?«, fragte Rupert und deutete auf Vincent.

»Na ja, er hat eine Bürste und Wichse, nichts Großartiges, aber fürs Großartige sind schließlich wir zuständig. Also kein Problem«, sagte Florence.

»Genau, genau, genau!«, bestätigte Rupert mit Nachdruck.

Florence ging auf Vincent zu.

»Entschuldigung«, begann sie. »Ich bin vom Hotel oben in den Bergen. Wir suchen jemanden, der den Sommer über die Schuhe unserer Gäste putzt. Da ist am meisten los. Hättest du vielleicht Interesse?«

Vincent stand auf.

»I-I-Ich? … J-J-Ja, hätte ich«, stammelte er, während seine Gedanken bereits zu dem Hotel in den Bergen flogen, von dem er schon so viel gehört hatte. *Kann nicht sein … Das ist doch nicht möglich, oder?*

»Was für ein Glück, dass wir dich so schnell gefunden haben. Ich dachte, wir bräuchten den ganzen Morgen dazu. Ich bin übrigens Florence.«

»Vincent.«

»Freut mich.« Florence streckte ihm die Hand entgegen. Doch Vincent, noch immer in einem Zustand milden Schocks, ließ sie in der Luft hängen.

»Hier ist unsere Adresse«, sagte Florence und gab ihm eine Visitenkarte. »Könntest du vielleicht morgen schon anfangen?«

Vincent sagte nichts. Stattdessen las er vier Mal, was auf der Karte stand. Nur um vierfach sicherzugehen, dass das, was da stand, auch wirklich da stand.

Das Großartigste Hotel der Welt
1708 Mountain View Road
Mount Mandalay
Mabombo Ranges

Offenbar tat es das. Eine andere Erklärung gab es nicht. Endlich dämmerte es Vincent, dass er tatsächlich eingeladen war, im Großartigsten Hotel der Welt Schuhe zu putzen!

Florence war an solche Reaktionen gewöhnt. Geduldig wartete sie, bis Vincent sich so weit erholt hatte, dass er antworten konnte. Beim Warten tippte sie leise mit der Fußspitze auf, während ihr türkisfarbener Stiefel Bachs Cellosuite Nr. 1 in G-Dur spielte – eine Melodie, die das Herz erhebt, als wäre es ein Heißluftballon. Jedes Mal wenn die Stiefelspitze den Gehweg berührte, blinkten an den Rändern kleine Lichter wie Sterne.

Vincent sah auf die musikalischen, türkisfarbenen Stiefel hinunter. »Bach?«

»Ja!«, erwiderte Florence verblüfft, aber nun umso sicherer, dass sie den richtigen Schuhputzer für das Großartigste Hotel der Welt ausgesucht hatte. »Wäre … morgen zu früh?«

Vincent schüttelte den Kopf.

»Perfekt. Jeder, der für unser Hotel arbeitet, darf es zunächst als Gast kennenlernen. Für einen Tag und eine Nacht. Hier ist ein Brief für deine Eltern, in dem alles erklärt wird.«

Florence gab Vincent einen Umschlag. »Ich hoffe, sie lassen dich kommen. Es ist die schnellste Methode, um zu sehen, wie es läuft bei uns im The Grand. Großartigkeit begreift man am besten, wenn man sie selbst erlebt. Die Einführung für die Gäste beginnt um 10 Uhr in der Lobby. Man erwartet dich dort.«

»Okay«, krächzte er. Aufregung und Verblüffung drückten ihm auf den Kehlkopf, sodass er quiekte wie ein Flughund.

Vincent konnte es kaum glauben.

Er würde nicht nur im Großartigsten Hotel der Welt arbeiten. Morgen wäre er dort sogar zu Gast! Eine Überraschung häufte sich auf die nächste, wie die Eiskugeln in einer Waffel. Und der Schnuppertag im The Grand wäre sicher die oberste Kugel! Triefend vor heißer, salziger Karamellsoße und bestreut mit Nüssen und Schokoraspeln. Vincent war sicher, dass Charlie sich *genau so* gefühlt haben musste, als er die letzte Goldene Eintrittskarte fand.

Er sah Florence und dem Empfangschef nach, wie sie in der Menge verschwanden. Dann packte er zusammen und rannte nach Hause. Eine Tüte Kartoffelchips und ein blauer Sportdrink konnten unmöglich mit dem Großartigsten Hotel der Welt mithalten! Gab es einen besseren Beweis für die Zauberkraft, von der sein Opa gesprochen hatte? Anders konnte Vincent sich das alles nicht erklären.

KAPITEL 2

Gast für einen Tag

»Aufwachen, aufwachen, aufwachen, aufwachen!« Erschrocken fuhr Vincent hoch. Es war seine siebenjährige Schwester Rose, die ihn schüttelte und ihm ins Ohr schrie.

»Ich bin wach«, knurrte Vincent. Dann drehte er sich um und vergrub das Gesicht im Kissen.

»Steh auf, Vincent! Das ist unser erster Tag im Großartigsten Hotel der Welt. Wir dürfen nicht zu spät kommen!«

Vincent setzte sich auf. »Wie viel Uhr ist es?«

»Schon halb sechs! Und ich muss mir noch die Haare waschen, die Nägel lackieren und entscheiden, was ich anziehe.«

»*Du* kommst nicht mit, Rose«, sagte er mit einer Mischung aus Ärger und Schläfrigkeit.

»MARILYN!«, kreischte sie.

»Dann eben Marilyn! Aber du kommst trotzdem nicht mit.«

Rose bestand darauf, Marilyn genannt zu werden.

Sie hatte große Pläne für eine Karriere als Film- und Fernsehstar, und dafür wäre der Name Marilyn sicher geeigneter als Rose. Außerdem trug sie immer eine Decke als Cape um die Schultern, für den Fall, dass Fans oder die Papparazzi sie erspähten. Die »Paps«, wie Rose sie nannte, nur dass sie natürlich nicht hinter ihr her waren.

»Aber Vincent, bestimmt sind ein paar echt wichtige Filmproduzenten im Hotel abgestiegen. Ich muss ihnen nur auflauern und mich von ihnen entdecken lassen. Das wäre der große Durchbruch, auf den ich mein *ganzes* Leben lang gewartet habe!«, sagte sie, presste die Hände zusammen und kniff die Augen zu, als betete sie für den Weltfrieden.

»Ich gehe ins Hotel, um zu arbeiten, nicht, um jemandem aufzulauern. Und du tust das auch nicht!«

Rose hörte auf zu beten. Sie verschränkte die Arme und biss sich auf die Oberlippe. Sie schob eine dramatische Pause ein, um sich anschließend umso mehr ins Zeug zu legen: »Warum stellst du dich mir in den Weg? Womit habe ich das verdient?« Sie starrte Vincent an und geradewegs in seine Seele hinein. »Du bist ja bloß eifersüchtig!«, erklärte sie, machte eine theatralische Pirouette und stapfte mit wehendem Cape aus dem Zimmer. »Dieses Kaff ist in Ordnung für gewöhnliche Leute wie dich, Vincent, aber MANCHE von uns sind eben für Höheres bestimmt.«

Vincent rieb sich die Augen. Er betrachtete die Postkarte des Großartigsten Hotels der Welt, die er auf der Straße gefunden hatte und die jetzt an der Wand neben seinem Bett klebte. Die halbe Nacht war er wach gelegen und hatte sich vorgestellt, wie es dort wohl aussah. Er hatte schon viel über das Hotel gehört. The Grand war ein Ort, um den die Geschichten sich buchstäblich rankten. Bizarre Berichte über tanzende Schildkröten und fliegende Lamas, von denen manche schworen, sie seien wahr, und die andere als blühenden Blödsinn abtaten. Natürlich waren auch die Wainwright-Cunninghams immer für eine Geschichte gut. Und nicht alle diese Geschichten waren nett. Höfliche Leute beschrieben die Familie als »exzentrisch«, die weniger höflichen behaupteten, sie seien so verrückt wie ein Suppensandwich. Doch Vincent ließ sich davon nicht beeinflussen, er wollte sich lieber selbst ein Bild machen. Er sprang aus dem Bett und zog sich an. Er war so aufgeregt, dass die Nadel an seinem Erregungsmesser selbst die Weihnachtsmarke längst überschritten hatte.

Vincents Vater war bereits munter. Er stand am Spülstein und füllte einen Topf mit Wasser.

»Morgen. Wenn du keine Eier möchtest, musst du dir selbst Frühstück machen. Mum war die ganze Nacht wach wegen Thom. Sie versucht, noch ein paar Mützen Schlaf zu bekommen, bevor ich losmuss.«

Thom war Vincents kleiner Bruder. Er war viereinhalb und hatte bisher noch kein einziges Wort gesprochen. Wie die Dinge lagen, würde er wohl auf eine Art Sonderschule gehen müssen. Mum und Dad taten ihr Bestes, aber Vincent sah, dass sie am Ende ihrer Kräfte waren. Ständig mussten sie mit ihm zu Arztterminen und Tests, und obwohl sie jeden Cent dafür aufwendeten, hatte ihnen bisher niemand sagen können, was Thom wirklich fehlte. Er war auch der Grund, warum Vincent erkannt hatte, dass Florence' Stiefel Bach spielten. Klassische Musik war nämlich das Einzige, was Thom beruhigte, wenn er einen seiner schlimmen Wutausbrüche hatte. Sie konnten Stunden dauern, wenn er sich erst mal festgefahren hatte. Doch beim Klang von Bach oder Beethoven oder Strawinsky oder Schostakowitsch hörte das Geschrei sofort auf; er legte sich dann auf den Rücken – ein bisschen wie ein Seestern – und lauschte. Leider war er kein sehr ausdauernder Schläfer, und wenn Thom lange vor dem Morgengrauen aufwachte, legten Mum oder Dad die längste Symphonie auf, die sie finden konnten, und gingen zurück ins Bett. Sanft plätschernde Klaviermusik aus dem Nebenzimmer war immer ein sicheres Zeichen für eine schlechte Nacht.

»Bist du sicher, dass du es alleine schaffst, da oben im Hotel zu übernachten?«, fragte sein Vater, während er versuchte, in die großen schwarzen Arbeitsgummistiefel zu steigen und gleichzeitig den Gasherd anzumachen. »Ich würde das Angebot ja gern annehmen, dich für einen Tag zu begleiten, aber ich darf keine Schicht verpassen. Wir sparen jeden Cent, um Thom zu einem Spezialisten in der Stadt zu schicken. Und Mum kann deinen Bruder unmöglich allein lassen.«

»Kein Problem, Dad«, beruhigte ihn Vincent und bemühte sich, seine Enttäuschung zu verbergen. »Wer weiß, wenn es gut läuft, haben die vielleicht auch einen Job für dich.«

Vincents Dad arbeitete bei FishyKittys, einer Katzenfutterfabrik am Stadtrand. Alle in Barry arbeiteten dort. Und der Geruch war das Einzige, was Durchreisende von der Stadt in Erinnerung behielten. An den meisten Tagen zog spätestens ab Mittag ein ekliger Gestank durch die Stadt und hielt sich dort bis lange nach Sonnenuntergang. Der braune, stinkende Mief, den fünfhundert Kilo vergammelte Krabben und Fische abgeben, wenn sie, gemischt mit ein bisschen Soße, aufgekocht werden. Zum Glück waren die Bewohner von Barry daran gewöhnt. Wenn man etwas sein Leben lang einatmet, dann merkt man es irgendwann nicht mehr.

»Das wäre schön. Mit Sicherheit besser, als vergammelte Krabben zu schaufeln. Aber in etwa so wahrscheinlich wie Rose ohne ihr Cape.«

Womit er sagen wollte, dass dieser Fall wohl niemals eintreten würde.

Doch wenn Vincent eines wusste, dann, dass seine Eltern schlecht im Träumen waren. Seit Thoms Geburt war Träumen ein Luxusartikel, den sich keiner mehr leisten konnte, und auch Hoffnungen galten als höchst riskant.

»Ich geh jetzt besser. Bin schon spät dran. Die Eier kochen.«

Vincent setzte sich an den Küchentisch und sah dem Sand dabei zu, wie er durch die Eieruhr rieselte. Jeden Tag gab es Eier zum Frühstück. Eier waren das Einzige, was Thom aß. Alles andere landete an der Wand.

Rose kam in die Küche gestürmt und setzte sich. Sie hievte ihre ringelbestrumpften Beine mit den fluffigen Plastikschläppchen, die sie wegen ihres kleinen Absatzes besonders liebte, auf den Tisch. Vincent ignorierte sie. Als das letzte Sandkorn durch die Taille des Stundenglases gerutscht war, stand er auf und nahm den schweren Topf vom Herd. Das kochende Wasser schwappte bedrohlich.

»Autsch!«, schrie Vincent, als eine Welle heißen Wassers auf seine Hand spritzte.

»Was erwartest du? Kommt schließlich direkt vom Feuer, du Dödel!«, bemerkte Rose wenig hilfreich. Sie kämmte ihre Augenbrauen mit einer Zahnbürste und versuchte, bedrohlich zu wirken.

»Ach, echt?«, sagte Vincent sarkastisch. Er fischte ein

Ei aus dem Topf, köpfte es und stellte es vor seine Schwester hin.

»Weißt du, wie viele Stimmungen ich allein mit meinen Augenbrauen ausdrücken kann?« Rose bedeckte den unteren Teil ihres Gesichts mit dem Cape und bewegte die Brauen auf und ab und hin und her wie zwei haarige, tanzwütige Raupen. »Hunderte!«, erklärte sie.

Vincent rollte mit den Augen.

Rose sah auf das perfekt gekochte Ei hinunter. »DAS ess ich nicht!«, sagte sie und schob es von sich. »Zu flüssig.«

»Wie du magst«, erwiderte Vincent. Er goss seiner Mum eine Tasse Tee auf und ging auf Zehenspitzen den Gang entlang zum Elternschlafzimmer. Thom schlief auf einer Matratze neben dem Bett. Vincent erinnerte sich noch an den Tag, als Mum und Dad nach Hause kamen und ihm seinen brandneuen Babybruder in den Arm legten. Er war ja so aufgeregt. Er konnte sich nichts Schöneres vorstellen, als ein großer Bruder zu sein. Natürlich war er schon einer, nämlich der von Rose, aber Rose schien keinen Bedarf zu haben. Sie wollte alles allein machen. Und damit meine ich alles. Ihre ersten Worte waren »Ich machen!«, und so blieb es. Ich machen! Deshalb klang der Gedanke an einen kleinen Bruder, mit dem er abhängen und dem er Sachen beibringen konnte, wie das Tollste auf der Welt.

Doch leider hatte Thom noch viel weniger Verwendung für einen großen Bruder als Rose. Thom schien gar nicht zu wissen, dass er einen hatte. Vincent hätte ebenso gut unsichtbar sein können.

Das war wahrscheinlich das Härteste daran.

So hart, dass Vincent es niemals aussprach.

Nicht vor anderen und auch nicht vor sich selbst.

Insgeheim hoffte er, dass die Wahrheit irgendwann verschwinden würde, wenn er sie lange genug ignorierte.

Seine Mum legte, noch halb im Schlaf, einen Finger an die Lippen. Sie sah müde aus – noch müder als sonst –, während sie über Thom hinwegstieg und hinaus in den Gang schlich.

»Keine heißen Getränke im Schlafzimmer«, flüsterte sie ungehalten, als sie nach der Tasse griff und in die Küche ging. »Du weißt doch, wie dein Bruder ist.«

Das war ein weiteres Zeichen für eine schlechte Nacht: ungehaltene Eltern.

»Füße vom Tisch, Rose«, sagte sie und stellte ihre Tasse ab.

Rose, die noch immer ihre Brauen mit der Zahnbürste bearbeitete, tat, wie ihr geheißen, und versuchte, Vincents Blick auf ihr Ei zu lenken, das nun gefährlich dicht an der Tischkante taumelte.

Vincent tat ihr den Gefallen nicht und gab vor, nichts zu bemerken.

»Nun lass dich mal anschauen«, sagte seine Mum und fasste ihr schönes, langes Haar zu einem lockeren Knoten zusammen. Sie trug ihr Haar in letzter Zeit nie mehr offen. Thom könnte es zu fassen kriegen.

Vincent stellte sich aufrecht hin und nahm die Schultern nach hinten, während sie ihn von oben bis unten musterte. Er zupfte an seinen Hemdsärmeln, die an den Ellenbogen endeten. »Die sind ein bisschen kurz.«

»Krempel sie auf, dann merkt es keiner«, schlug sie vor.

Als Vincent sich die Ärmel aufkrempelte, kam ein Krachen aus dem Schlafzimmer, wie wenn etwas Großes birst, gefolgt von einem dumpfen Klatschen.

Und dann noch mal. *KLATSCH*.

»Oh nein. Was hat er denn jetzt wieder gemacht? Es gibt schon gar nichts mehr, was er zerbrechen kann, ich schwör's!« Vincents Mum rannte zurück ins Schlafzimmer.

»Ruf an und sag uns, wie es dir ergangen ist, ja, Vincent?«, rief sie im Hinausrennen. »In meiner Handtasche müsste noch genug Geld für die Busfahrt sein.«

Vincent kramte darin herum, bis er genügend Münzen fand, und tat sie zusammen mit seinem Schlafanzug in eine Plastiktüte. Aber etwas fehlte.

Vincent hechtete über den Tisch.

»ROSE!«

Er riss ihr die Zahnbürste aus der Hand und stopfte

sie in die Tüte. Rose stieß ein boshaftes Lachen aus und formte die Worte »LECK MICH!« in Richtung Vincent. Für eine Siebenjährige hatte sie ein ziemlich übles Mundwerk. Vincent gab ihr den Todesblick. Der Tee seiner Mutter dampfte unberührt vor sich hin. Er würde mit Sicherheit kalt werden.

Nicht gerade die Verabschiedung, die Vincent sich gewünscht hatte.

Er nahm seine Tüte und die Schuhputzkiste und verließ die Wohnung.

KAPITEL 3

Das Großartigste Hotel der Welt

Das Großartigste Hotel der Welt!«, rief der Busfahrer. Vincent spähte aus dem Fenster. Und tatsächlich, da war es. Am Fuß der Mabombo Ranges, an die Ausläufer des Mount Mandalay geklebt, lag das Großartigste Hotel der Welt. Es sah genau aus wie auf der Postkarte. Goldgelb schimmerte es in der Morgensonne und erinnerte Vincent an einen riesigen Löwen, der über sein Rudel wacht.

»Gibt es keine nähere Haltestelle?«, fragte er, die Augen auf das Hotel gerichtet, das ihm ziemlich weit entfernt schien.

»Bedaure, mein Junge«, sagte der Busfahrer. »Das isses.«

Vincent stieg aus. Er sah dem Bus nach, wie er die kurvige Straße zurück nach Barry nahm. Er atmete tief ein. Die frische, saubere Bergluft war eine wunderbare Abwechslung zu dem Fischmief in den Straßen von Barry. Jetzt erst merkte Vincent, wie muffig die Luft zu Hause war.

Obwohl es ein bisschen windig war, hatte Vincent nichts gegen den Fußmarsch. Wie seine Eltern nicht müde wurden, ihm zu versichern, war Vorfreude die schönste Freude, oft schöner als das eigentliche Ereignis. Auch wenn Vincent diese Weltsicht ziemlich trist fand, wollte er sich doch *möglichst lange* auf das Großartigste Hotel der Welt freuen.

Um ihn herum ragten die Berge auf. Vincent rollte seine zu kurzen Ärmel herunter und stapfte gegen den Wind. Er hielt den Kopf gesenkt, um die Augen zu schützen. Unterwegs stellte er sich vor, wie der Tag wohl verlaufen würde. *Ob es Kuchen zum Nachmittagstee geben wird? Oder Donuts? Aber bestimmt gibt es Eis. Man kann sich nicht das Großartigste Hotel der Welt nennen und kein Eis servieren. Und ein Pool müsste auch da sein. Mit einem Sprungbrett. Oder einer Rutsche. Oh, ich hoffe, dass sie eine Rutsche haben!* Vincent gab sich ganz seiner Vorfreude hin, musste aber immer wieder daran denken, um wie viel schöner es wäre, wenn er seinen Dad dabeihätte. Oder seine Mum. *Wie cool wäre es, sie ins Großartigste Hotel der Welt einzuladen!* Vincent versuchte sich zu erinnern, wann er das letzte Mal mit einem von beiden etwas Schönes unternommen hatte. Abgesehen vom Einkaufen. Vincent ging gern in den Supermarkt. Da war früher immer ein Extrapäckchen Kaugummi oder ein Push Pop Lolli herausgesprungen, den er unbemerkt in den Einkaufswagen geschmuggelt hatte. Aber die Zeiten waren vorbei. Es war quälend, seinem Dad dabei zuzusehen, wie er die Preise der Sachen im Einkaufswagen vorab zusammenzählte, um zu sehen, ob das Geld reichte. Oder sein Gesicht an der Kasse, wenn er sich verrechnet hatte.

Sie gingen überhaupt nirgendwo mehr hin, auch nicht als Familie. Darüber war Vincent nicht unbedingt traurig. Thom zu Hause war schon schlimm, aber mit ihm rauszugehen war ein echter Albtraum. Und Barry war eine Kleinstadt. Wenn er sich komisch benahm oder einen seiner legendären Ausraster hatte, wusste in kürzester Zeit die ganze Stadt davon. Wie damals, als sie Thom mit in die Zoohandlung genommen hatten, damit er sich die Tiere ansehen konnte, und er den Papageienkäfig schnappte, ihn schüttelte und dabei Gibbonschreie von sich gab. Weder ihre Mum noch die Dame von der Zoohandlung konnten ihn aufhalten. Schließlich fiel der Papagei von der Stange und lag, Schnabel zuunterst, auf dem Boden des Käfigs und rührte sich nicht. Er musste einen Herzschlag erlitten haben. Auch Vincent wäre am liebsten tot umgefallen, als er seine Klassenkameradin Josie schreiend aus der Zoohandlung rennen sah: »Er ist tot! Der hat ihn umgebracht! Vincents Bruder hat den Papagei umgebracht!« Natürlich hatte am Montagmorgen bereits jeder in der Schule davon gehört. Aber mittlerweile hieß es bereits, Thom habe den Papagei nicht durch Schütteln getötet, sondern ihm den Kopf abgebissen.

Die meiste Zeit während der Wanderung über das Hochplateau konnte Vincent das Hotel nicht sehen. Entweder war der Blick durch Bäume verstellt, oder er sah auf seine Schuhe hinunter. Doch nachdem er etwa eine Stunde lang einen Fuß vor den anderen gesetzt hatte, blickte Vincent auf. Es war, als stünde man genau in dem Moment an der Kante des Horizonts, wenn die riesige Morgensonne aufgeht.

Der Wind hatte sich gelegt.

Und Vincents Kinnlade kippte nach unten, sodass ihm die Zunge wie ein aufgetautes Steak aus dem Mund hing. Er ließ die Schuhputzkiste los, die scheppernd zu Boden ging. Doch Vincents Ohren waren taub. Alle anderen Sinne schienen auf Sparmodus zu sein, damit seine Augen die ganze Großartigkeit dessen aufnehmen konnten, was sich vor ihm auftat. Das Hotel war schöner, majestätischer und prächtiger, als Vincent es sich jemals vorgestellt hatte.

Er wusste, dass es groß war, doch seine wahren Ausmaße erfasste er erst, als er unmittelbar davor stand.

Vincent zählte.

Es war sechzehn Stockwerke hoch und hatte schätzungsweise tausend Bogenfenster und tausend geschwungene Balkone.

Und dann das Licht!

Die Luft hatte die Farbe von Honig. Eine köstliche Mischung aus Sonnenschein und Hoffnung. Vincent war von der blendenden Schönheit des Hotels so überwältigt, dass er seinen Körper dazu bringen musste, weiterhin die Funktionen auszuführen, die sonst automatisch abliefen.

Atme, Vincent.

Blinzle, Vincent.

Schlucke, Vincent.

Hol deine Zunge in den Mund zurück, Vincent.

Tu alles, aber mach nicht in die Hose, Vincent!

Als sein Hirn die Kontrolle über die elementaren Körperfunktionen wiedererlangt hatte, hob Vincent die Schuhputzkiste auf und marschierte durch das Tor des Großartigsten Hotels der Welt.

So muss der paradiesische Ort Shangri-la aussehen. Oder der Himmel.

Überall in den farbenprächtigen Gärten entdeckte er exotische Wesen, die die Wärme der Morgensonne genossen. Weiße Pfauen tänzelten und wirbelten über den knallgrünen Rasen wie weißes Schneegestöber. Unter Bäumen, die voller Mangos hingen, fächelten Elefanten im Gleichtakt mit ihren Ohren. Vincent wäre beinahe gestolpert, als ein Straußenpaar mit Knubbelknien seinen Weg kreuzte, eine Schar Küken im Schlepptau. Als sie in einem Wäldchen verschwanden, folgte er ihnen, um einen weiteren Blick auf diese Riesenvögel, so groß wie Pferde, zu erhaschen. *Vielleicht sind die Geschichten von den fliegenden Lamas doch wahr!* In dem Wäldchen empfing ihn das lieblichste Vogelgezwitscher. Er blickte auf zu Zweigen voller Nachtigallen und Tukanen, Aras und Kookaburras. Dort saßen Dutzende ihm unbekannter Vögel, singend und sich putzend, einträchtig beieinander. Durch das Wäldchen lief ein tiefer Strom mit Wasser, so klar, dass Vincent Otter und Schnabeltiere darin herumtollen sah. Er kniete sich ans Ufer. Ein Otter, der gerade den Kopf aus dem Wasser streckte, machte eine Rolle rückwärts und kam zu ihm geschwommen. »Hallo, kleiner Kerl!« Vincent schob den Hemdsärmel hoch und kraulte ihm den Bauch. Der Otter schien das zu mögen.

»Tut mir leid. Tut mir wirklich leid«, sagte eine Stimme hinter ihm, begleitet von tiefen, sägenden Celloklängen.

Vincent blickte auf und sah Florence; das lange Zimthaar schwang hin und her, während sie auf ihn zurannte. Sie trug dieselben türkisfarbenen Stiefel wie gestern am Bahnhof von Barry.

»Du hast es geschafft! Tut mir leid, Vincent. Eigentlich wollte ich einen Wagen schicken. Wir sind etwas abgelegen hier oben.«

»Schon in Ordnung«, sagte Vincent. »Man hat nicht jeden Tag Gelegenheit, einem Otter den Bauch zu kraulen.«

»Stimmt«, sagte Florence, die noch immer keuchte. »Trotzdem. Es gibt keine Entschuldigung.« Sie stützte die Hände in die Hüften, als sei sie genervt von der eigenen Unfähigkeit. »Weiß auch nicht, was in letzter Zeit mit mir los ist. Dauernd vergesse ich etwas. Die meisten unserer Gäste reisen in Heißluftballons an. Der letzte für heute Morgen sollte eigentlich gerade eintreffen.« Florence blickte über die Schulter, und tatsächlich schwebte zwischen zwei Bergen ein gelber Ballon ein. »So viel leiser als Autos und Busse. Verkehrslärm würde die Stille und den Frieden stören. Unsere Gäste sollen so wenig wie möglich an ihren Alltag erinnert werden. Das ist eigentlich das Wichtigste. Aber natürlich kann ein Hotel von dieser Größe nicht allein mit Heißluftballons versorgt werden. Unter dem Berg verläuft ein Tunnel, der direkt in die Wirtschaftsräume im Keller führt. Für Lieferungen und dergleichen.«

Vincent nickte und lächelte, um zu verbergen, dass sein Hirn auf Hochtouren arbeitete.

»Darf ich dir eine Frage stellen?«, fragte er, ohne zu bemerken, dass er das bereits tat.

»Na klar«, erwiderte Florence.

»Ist das ein Nilpferd?« Vincent deutete auf ein gewaltiges Wesen, das über den Boden des Stroms hüpfte, als hätte es Sprungfedern an den Füßen oder bewegte sich auf dem Mond.

»Ja! Genau!« Sie sahen zu, wie das Nilpferd auftauchte, eine Lunge voll Luft nahm und dann seinen Mondspaziergang fortsetzte. »Das ist Maggie. Sie ist erst kürzlich aus Tansania gekommen, hat sich aber schon gut eingewöhnt. Wir hatten noch nie ein Nilpferd und waren nicht sicher, ob es funktionieren würde. Aber jetzt helfe ich dir mit deinem Gepäck.«

Vincent blickte beschämt auf seine Plastiktüte und die verbeulte Schuhputzkiste hinunter. Er wünschte, er hätte einen von diesen famosen Rollkoffern. Selbst der Obdachlose, der immer im Bahnhof von Barry übernachtete, hatte einen. »Oh, d-d-danke, das ist nicht nötig. Ich reise immer mit leichtem Gepäck«, flunkerte Vincent, der nie im Leben verreist war.

»Ich auch«, entgegnete Florence. »Man muss ja schließlich nicht den ganzen Hausstand mitschleppen, oder? Ich wünschte, alle unsere Gäste wären so vernünftig. Es gibt so gut wie nichts, was wir im The Grand nicht auch hätten. Glaub mir.«

Vincent und Florence machten sich auf den Weg. Vincent suchte krampfhaft nach einer intelligenteren Erwiderung als »Wow!«, während Florence über die exotischen Tiere und Vögel erzählte, die ihnen unterwegs begegneten. Ihr Wissen war schlichtweg enzyklopädisch und reichte von den Einfuhrbestimmungen für Wildtiere und höhenabhängigen Klimazonen bis zu Rosenzüchtungen, die nicht nur nach rosa Limonade rochen, sondern auch so aussahen. Sie erklärte, das

Großartigste Hotel der Welt sei von ihren Großeltern gleich nach dem Krieg erbaut worden, als die Menschen noch unter Schock standen und sich erst wieder zurechtfinden mussten.

»… und seither führen es die Wainwright-Cunninghams. Meine Eltern sind geschäftlich unterwegs, deshalb bin derzeit ich zuständig.«

Vincent blieb stehen. »Was? Du allein?«, fragte er und versuchte, nicht allzu schockiert auszusehen. »Du bist wirklich ganz allein zuständig für dieses Hotel?«

Florence lachte. »Ja. Ich allein. Und ja, es stimmt wirklich. Ich fürchte, wenn du ein Wainwright-Cunningham bist, ist das ein fait accompli.« Vincent hatte keine Ahnung, was ein »fait accompli« war, aber offenbar war Florence vor vollendete Tatsachen gestellt worden.

»Versteh mich nicht falsch. Ich tue es wirklich gern«, erklärte sie. »Ich meine, wer wollte nicht das Großartigste Hotel auf der Welt führen?«

Vincent für sein Teil war sich da nicht so sicher. Er sah sich Florence genauer an. Sie musste in seinem Alter sein und keinen Tag älter. »Wo sind denn deine Eltern?«

»Du meinst heute? In Bolivien, soviel ich weiß … oder nein, Augenblick, das war gestern. Richtig, sie haben den Nachtflug in die Türkei genommen.« Florence blickte zur Sonne auf. »Hier ist es jetzt neun Uhr zweiundvierzig, das heißt, sie befinden sich gerade im Anflug auf Istanbul.«

»Und wann kommen sie zurück?«

»Nun, diesen Juni werden es drei Jahre, dass sie weg sind. Also nehme ich mal an, dass sie nicht mehr *allzu* lange ausbleiben. Aber bei dieser Art von Expedition weiß man nie. Ich hoffe, sie kommen eher früher als später wieder. Vor allem, wenn das mit meiner Vergesslichkeit anhält. Ich möchte auf keinen Fall, dass etwas schiefgeht, solange ich hier das Kommando habe.«

Vincent fragte sich, was für eine Expedition drei Jahre dauerte. Was suchten sie? Leben auf dem Mars? Den Yeti im Himalaja?

»Und was ist mir dir? Seit wann polierst du Schuhe?«

»Noch nicht *so* lange«, entgegnete Vincent ausweichend, denn es war ja insgesamt nicht mal ein ganzer Tag gewesen. »Ich habe das Schuhputzunternehmen meines Großvaters erst kürzlich übernommen.« Vincent blinzelte heftig, während er die Wahrheit dehnte wie einen Kaugummi. Ein Platz neben dem Snack-Automaten und eine verbeulte Schuhputzkiste konnten wohl kaum als Familienbetrieb gelten.

»Ich wusste, dass wir etwas gemeinsam haben!«, rief Florence. »In dem Moment, als ich dich am Bahnhof stehen sah, war mir klar, dass wir beide Familienbetriebe führen.«

Vincent lächelte, konnte sich aber nicht erklären, wie

Florence zu diesem Schluss gekommen war. Seines Erachtens hatten sie beide in etwa so viel gemeinsam wie ein Tintenfisch und eine Packung Cornflakes.

»Hier sind wir«, sagte Florence.

Vincent blieb wie angewurzelt stehen. Er glaubte zu träumen und war doch wach. Vor ihm lag ein herrlicher See, der ein verschwommenes, auf dem Kopf stehendes Abbild des Hotels spiegelte; es hätte auch ein Feld voller Sonnenblumen sein können. Im Seichten weideten rosa Flamingos mit gesenkten Köpfen wie auf einer Wasserkoppel. Sie schwenkten die schwarzen Schnäbel hin und her, als tanzten sie eine Vogelversion des Flamenco. Vincent kannte den Tanz, weil Rose ihn dauernd tanzte. Sie steckte sich Reißzwecken in die Sohlen ihrer Schuhe und trampelte mit fliegendem Cape in der Küche herum, wobei sie hoch über dem Kopf mit den Fingern schnippte, als seien es Kastagnetten. »Wer den Flamenco nicht beherrscht, versteht nichts von Liebe. Und wenn ein Filmstar etwas verstehen muss, dann ist es die Liebe!«

»Du musst unbedingt Rupert kennenlernen!«, rief Florence und rannte, zwei Stufen auf einmal, die Freitreppe hinauf. Vincent folgte mit wehender Tüte. Oben angekommen, hielten ihnen zwei Männer in blauer Livree die Tür auf:

»Herzlich willkommen«, grüßten sie einstimmig, »im Großartigsten Hotel der Welt!«

KAPITEL 4

Ferngläser und Taschenhunde

Wieder ließ Vincent die Tüte fallen. Seine Lunge pumpte keine Luft mehr, seine Augäpfel zitterten.

Die Lobby des Hotels, riesengroß und himmelhoch, war der fantastischste Raum, den Vincent jemals betreten hatte. Eine Schatztruhe, die das Schönste versammelte, was Menschenhand und Mutter Natur jemals geschaffen haben. Smaragdgrüne Samtsofas gruppierten sich unter Rundbögen, von denen Ranken wie Regen herabrauschten. Fenster, die über drei Stockwerke reichten, boten einen Ausblick auf schneebedeckte Gipfel. Hunde dösten vor brennenden Kaminfeuern. Kronleuchter aus Elchgeweihen und Buntglas funkelten wie Galaxien. Im ganzen Raum trotteten winzige Ponys – nicht größer als mittelgroße Hunde – mit spektakulären türkisfarbenen Federbüschen und Regenbogenschweifen herum. Auf den am Rücken befestigten Tabletts servierten sie Getränke und Knabberzeug. In der Mitte spielten unter Palmen Bassgeiger, dazu tanzte ein Springbrunnen – gefüllt mit Babyschildkröten – im Rhythmus der Musik. (Der Springbrunnen tanzte, nicht die Babyschildkröten. Soweit ich weiß, tanzen Schildkröten nicht. Obwohl mein Co-Autor darauf hinweist, dass es unklug wäre, Schildkröten zu unterschätzen. Sie sind, wie er versichert, direkte Nachkommen der Dinosaurier und finden selbst durch den riesigen Ozean den Weg nach Hause. Da wäre es arrogant, wenn nicht anmaßend, ihnen die Fähigkeit für einen simplen Walzer oder Moonwalk abzusprechen.)

Vincent warf den Kopf in den Nacken und rollte ihn in alle Richtungen, um die winzigen Finken zu beobachten, die durch die in Gold und Mitternachtsblau gehaltene Kuppel flitzten und flatterten.

Plötzlich wurde ihm schwindelig. Er taumelte.

»Atme, Vincent«, befahl Florence, bevor sie ihm mit der flachen Hand beherzt auf den Rücken klatschte.

Vincent nahm einen großen Schluck Luft. »Entschuldigung, das passiert immer wieder.«

»Gern geschehen. Wir haben Erfahrung mit Ohnmachtsanfällen. Deshalb bekommt jeder Angestellte im The Grand einen Erste-Hilfe-Kurs. Du wirst dich schon noch an diesen Ort gewöhnen. Hier kommt Rupert.«

Sofort erkannte Vincent den Mann, der jetzt auf sie zugejoggt kam, als den Empfangschef vom Markt. Er hatte einen auf Hochglanz polierten Kahlschädel und einen farbenprächtigen Schnauzbart in Form eines Lächelns. Außerdem hatte er einen markanten Laufstil: Seine einsatzfreudigen Füße schienen ihm immer ein wenig vorauszueilen. Und seine Hüften, ebenfalls sehr einsatzfreudig, beschrieben beim Gehen eine liegende Acht und gaben jedem Schritt einen besonderen Schwung.

»Ah, Vincent! Willkommen, willkommen, willkommen!«

Vincent wollte ihm die Hand geben, doch Rupert zog ihn in eine feste Umarmung. »Oh, nein, nein, nein, Junge. Wir hier im The Grand nehmen uns in die Arme!« Vincent befreite seinen Kopf so höflich wie möglich aus Ruperts Achselhöhle, um wieder Luft zu bekommen. Sein Bedarf an Sauerstoff glich dem eines Fisches, der aus dem Wasser springt und dabei unglücklich auf einem Felsen strandet. Genauso fühlte sich Vincent – er war plötzlich in einem anderen, ihm völlig unbekannten Universum gelandet.

»Wir sehen uns später, Vincent«, sagte Florence und verschwand hinter der Rezeption. »Ich würde ja gern bleiben, aber wir erwarten vier Lastwagen voll Schweizer Schokolade. Wenn die nicht bis Mittag abgeladen sind, fehlt dem Schokobrunnen morgen beim Frühstück der Nachschub. Peppy hilft dir mit dem Gepäck.«

Rupert ließ Vincent los, als Peppy – eines der Ponys in Hundegröße – angetrabt kam, um die Plastiktüte zu übernehmen.

»Gleich beginnt die Einführung für die Gäste. Komm mit«, sagte Rupert.

Schokolade speiende Marmorspringbrunnen geisterten durch Vincents Kopf, als er Ruperts hyperaktiven Hüften zu einer Gruppe Gäste folgte, die sich bei den Palmen versammelt hatten. Alle starrten hinauf an die Decke.

»Scheint, als hätten wir eine Liveshow«, sagte Rupert.

Vincent blickte auf und sah, was alle so faszinierte: Ein Junge, der an einem der Elchgeweih-Kronleuchter baumelte. *Du meine Güte! Was tut der denn da oben?*

»Komm sofort runter, Max!«, schrie die Mutter des Jungen. »Führ dich nicht so auf! Weißt du nicht mehr, was passiert ist, als du das letzte Mal an einer Lampe hingst?«

»Deine Mutter hat r-r-recht, Max«, bestätigte Rupert und ließ das »R« bedrohlich rollen. »Obwohl du natürlich mit einem Elchgeweih nicht schlecht aussehen würdest. Aber dort oben sind über Hundert Kilo davon verbaut. Das wäre selbst dir zu schwer.«

Max' Mutter stieg auf einen Sessel und versuchte, ihren Sohn am Knöchel zu packen.

»Nei-hein«, schrie Max, zog die Beine an und brachte den Kronleuchter zum Schwingen. Es schien ihm zu gefallen, denn er bewegte den Körper vor und zurück, um noch stärker zu schaukeln. »Ju-hu!«

Der Kronleuchter gab ein seltsames Ächzen von sich, fast wie ein echter Elch.

»Max. Ich flehe dich an! Bitte! KOMM RUNTER!«, schrie seine Mutter. Ihre Mundwinkel bebten vor Furcht und dauerhafter Erschöpfung.

»Vincent, warum versuchst du's nicht mal?«, sagte Rupert.

»Wie bitte?«

»Keine Panik. Dir wird schon was einfallen. Und die anderen folgen mir jetzt bitte. Auf der Terrasse werden die Begrüßungsdrinks serviert. Sie müssen doch am Verdursten sein! Kommt, kommt, kommt!«, kollerte er wie ein Truthahn.

Alle außer Vincent und Max' Mutter setzten sich in Bewegung.

Starr vor Schreck stand Vincent da. Was, um Himmels willen, sollte er tun? Wie, um Himmels willen, sollte er den verrückten Max von dem Kronleuchter runterkriegen?

Unterdessen flehte Max' Mutter weiter, und Max schaukelte unverdrossen.

Furcht sammelte sich in Vincents Magen und begann den Aufstieg durch seine Speiseröhre.

Dann hatte er eine Idee.

Zaubertricks! Vincent hatte sich selbst ein paar beigebracht – einer von vielen vergeblichen Bemühungen, Thoms Aufmerksamkeit zu gewinnen. Einen Versuch war es wert.

»He, Max«, rief er. »Schau dir das an!« Vincent hob die Arme und arrangierte seine Finger so, dass es aussah, als risse er sich den Daumen ab und setze ihn anschließend wieder dran. Max verrenkte sich den Hals um zu sehen, was Vincent da mit seinen Fingern anstellte. Er ließ den Kronleuchter los und plumpste auf einen der Sessel wie ein Knäuel frisch gekochte Spaghetti in eine Schüssel. Er rappelte sich auf und kam zu Vincent gerannt, um seinen abnehmbaren Daumen zu begutachten.

»Oh, danke, danke, danke!«, rief Max' Mutter.

Vincents Schultern, die sich irgendwo auf Höhe seiner Ohren befunden hatten, sackten in ihre natürliche Position zurück. Er stieß einen Seufzer der Erleichterung aus, dann folgten sie den anderen.

»Gut gemacht, Vincent«, sagte Rupert, als die drei auf der Terrasse ankamen. »Mein Schnurr-r-rbart hat mir gesagt, dass du so was ruckzuck in den Griff kriegst. Will ja nicht angeben, aber ich habe den feinfühligsten Schnauzer diesseits von Katmandu!«

Vincent gab Rupert ein zögerliches »Nicht-der-Rede-wert«-Winken und verkrümelte sich im hinteren Bereich der Gruppe. Er konnte immer noch nicht fassen, dass Rupert ihn mit der Rettung von Max betraut hatte!

War es im The Grand üblich, das Katastrophenmanagement elfjährigen Neuankömmlingen zu überlassen? Was, wenn Max runtergefallen wäre? Oder der Kronleuchter? Und was in aller Welt war ein feinfühliger Schnauzer?

»Und nun bitte in einer R-r-runde aufstellen, in einer R-r-runde, in einer R-r-runde. Und ein herzliches Willkommen im Großartigsten Hotel der Welt!«, verkündete Rupert.

Der Blick von der Terrasse war umwerfend. Man konnte vom einen Teil des Tales zum anderen hinüberschauen. Allmählich erholte sich Vincent und konnte seine Mitgäste näher in Augenschein nehmen. Erstaunt stellte er fest, was für ein bunt zusammengewürfelter Haufen sie waren. Er war davon ausgegangen, dass im Großartigsten Hotel der Welt nur die Superreichen abstiegen, und auf manche traf das offensichtlich auch zu. Andere hingegen sahen aus, als kämen sie geradewegs von der Schicht bei FishyKittys. Ihre Sachen waren abgetragen. Ihre Augen müde. Ihre Schuhe schäbig.

»Mein Name ist R-r-rupert«, fuhr dieser mit seinem Trommelwirbel-R fort. »Ich bin Empfangschef im The Grand. Wenn Sie irgendetwas brauchen, bin ich Ihr Mann. Zögern Sie nicht, mich anzusprechen. Wir haben für alles eine Lösung. Aber eins nach dem anderen. Zunächst zum Transport. Wie Sie sehen, ist unser Gelände ziemlich weitläufig. Am Fuß der Freitreppe steht unser

Transportservice für Sie bereit.« Rupert wies mit beiden Händen den Weg wie die Flugbegleiter bei der Bordeinweisung. »Sie haben die Wahl zwischen Raketenrucksack oder Lama. Ganz wie Sie wünschen.«

Raketenrucksack oder Lama! Soll das ein Witz sein? Da musste Vincent nicht lange überlegen, und seine Wahl reimte sich nicht auf Hühnchen Parmigiana.

»Aber natürlich können Sie auch zu Fuß gehen«, fügte Rupert hinzu. »Für Spaziergänger haben wir herkömmliche Wanderkarten. Ah, per-r-rfekt!« Rupert klatschte in die Hände. »Hier kommen Drinks, Ferngläser und Taschenhunde.«

Taschenhunde! Vincents Herz setzte einen Schlag aus. *Taschenhunde!* Er wirbelte herum und sah einen Trupp von Hotelbediensteten, der Servierwagen in ihre Richtung schob. Auf einem standen rauchende, farbenfrohe Drinks, dekoriert mit Fruchtscheiben und Papierschirmchen. Auf einem anderen lagen zahllose schwarze Ferngläser, aufgeschichtet zu einer modernen Skulptur. Der letzte Servierwagen trug einen Weidenkorb voll klitzekleiner Hunde, deren Vorderpfoten und Schnauzen gerade so über den Rand ragten.

Vincent hatte sich schon immer einen Hund gewünscht. An jedem Geburtstag und jedes Weihnachten, seit er »wau, wau« sagen konnte. Aber Barry war eine Katzenstadt. Das lag daran, dass jeder, der bei FishyKittys arbeitete, Katzenfutter zum halben Preis bekam.

Aber Vincent hatte das Pech, dass Thom nichts lieber tat, als Katzen zu ärgern, und das ging niemals gut aus – weder für Thom noch für die Katze. Deshalb musste Vincent auf Haustiere jeder Art verzichten. Sieht man einmal davon ab, dass er in einem Marmeladenglas eine Ameisenfarm eingerichtet hatte. Aber Ameisen zu lieben, ist nicht so einfach.

»Die Taschenhunde bleiben während Ihres gesamten Aufenthalts im The Grand bei Ihnen, und ja, natürlich, dürfen sie auch mit ins Bett!« Rupert tänzelte zum mittleren Servierwagen. »Diese Ferngläser hier sind keine gewöhnlichen Wald-und-Wiesen-Exemplare. Und in dieser Höhe ist der Himmel so klar, dass sie damit die Golfbälle sehen, die nachlässige Apollo-Astronauten auf dem Mond vergessen haben.«

»Oh ja, die will ich sehen!«, krakeelte Max und schnappte sich ein Fernglas vom Servierwagen. Leider nahm er eins von unten und nicht eins von oben, sodass die ganze Skulptur ins Rutschen kam.

»Oh mein Gott!«, stöhnte Max' Mutter. Sie griff nach einem weiteren rauschenden Drink, kippte ihn hinunter und begann, auf dem Papierschirm herumzukauen.

Sie tat Vincent leid. Er konnte ihr nachfühlen, was es hieß, mit einem Kind unterwegs zu sein, das sich schlecht benahm. Die Leute starren dich an, als sei es dein Fehler.

»Macht nichts, macht nichts, macht nichts«, sagte

Rupert, der die Angewohnheit hatte, alles dreimal zu sagen. Aus dem Nirgendwo erschien ein halbes Dutzend Bediensteter, sammelte die Ferngläser ein und stapelte sie wieder auf dem Servierwagen. Rupert lächelte Max' Mutter zu. Er ergriff ihre Hand und drückte sie verständnisvoll.

»Hier entlang, Jungs«, sagten die Eltern von drei groß gewachsenen Teenagern, deren Nasen ideale Skiflugschanzen für die Winterolympiade abgegeben hätten. »Kommt und sucht euch einen Raketenhund aus. Die sehen genau aus wie die Viecher, die man bei *Kampf um Beejaa III* immer abschießen muss.« Mr und Mrs Skischanzennase schoben ihren Nachwuchs an Max und seiner verzweifelten Mutter vorbei nach vorne.

Die Jungs, deren Blicke an ihren Smartphones klebten, hatten überhaupt nicht mitbekommen, was um sie herum vorging. Weder den am Kronleuchter schaukelnden Max noch den Einsturz der Fernglaspyramide oder den Korb voll Taschenhunde. Sie grunzten bloß und jammerten, sie seien gerade mitten in einem Spiel.

»Die Raketenhunde lassen wir aus«, erklärte Mrs Skischanzennase. »Unsere Jungs mögen keine Tiere. Überhaupt nichts Lebendiges.«

»Aber wenn wir keine Planetenhunde haben, erwarten wir einen Preisnachlass«, verkündete Mr Skischanzennase in die Menge.

(Rupert war es gewohnt, dass besonders reiche Gäste Preisnachlässe verlangten. Sie hingen einfach so sehr an ihrem Geld.)

»Oh, sind die SÜSS«, quiekte ein schlaksiges Mädchen mit blauen Haaren – eine Farbe, die Vincent an seinen Lieblings-Sportdrink erinnerte. »Ich will zwei.«

»Es gibt nur einen für jeden, Chelsea Liebling«, erklärte ihr Vater.

»Aber ich brauche zwei, weil ich *so* tierlieb bin.«

»Na gut, mein Schatz«, erwiderte ihr Vater. Seine schlaffen Augen und schlaffen Arme wurden noch ein bisschen schlaffer. »Du bekommst meinen. Ich verzichte.«

»Jippi!« Sofort begann Chelsea in dem Korb zu wühlen, hob prüfend einen Hund hoch und verwarf ihn wieder, so als wäre es eine Schnäppchenwühlkiste.

Vincent stand mit gefalteten Händen an der Seite und wartete aufgeregt, bis die andern Gäste ihre Wahl getroffen hatten. Sein Blick war auf einen zotteligen, schwarz-weißen Welpen gerichtet, der genau in der Mitte des Korbs saß. Kaum größer als eine Teetasse war er der niedlichste Hund, den er *jemals* gesehen hatte.

Als Vincent endlich an der Reihe war, zitterte er beinahe vor Aufregung. Ein Kribbeln breitete sich von den Füßen in jeden einzelnen Zeh aus.

Nur ein Hund war noch übrig.

Es war der schwarz-weiße Welpe, den er sich ausgeguckt hatte. Er streckte die Hand aus und las das Namensschild: Jess.

»Jess. Hallo, Jess«, flüsterte er. Das Hundemädchen sah mit großen, lachenden Augen zu ihm auf. Die ganze Welt um sie her zerfloss zu einem farbenfrohen Klecks. Die Geräusche verdunsteten, und die Zeit wurde vom Wind weggeweht. Vincent wollte Jess gerade aus dem Korb heben, da schoss aus dem Farbklecks eine Hand auf Jess zu und entriss sie Vincent.

»Aiii, die ist ja noch viel süßer!«, kreischte Chelsea. Sie warf ihre erste Wahl in den Korb zurück und sauste mit je einem Hund in der Hand zu ihrem Vater.

Vincent war völlig baff! Er sah hinunter auf den flauschigen, rothaarigen Welpen, der soeben ausrangiert worden war. Vorsichtig nahm er ihn aus dem Korb und streichelte ihn. Er fühlte das winzige Herz schlagen. Vincent drehte das Namensschild um: Min.

»Alles gut, Min«, sagte er und drückte sie an seine Brust. »Ich heiße Vincent.« Min sah ihn aus braunen Augen unter buschigen Brauen an. Ihr Schwänzchen schlug wie wild gegen seine Hand.

Wenn Vincents Zeit im Großartigsten Hotel der Welt in diesem Moment geendet hätte, wäre er trotzdem der glücklichste Junge der Welt gewesen.

»Per-r-rfekt! Nachdem jeder seinen Hund hat, können wir uns jetzt zum Gästetransportservice begeben.

In diese R-r-richtung, wenn ich bitten darf.« Rupert trottete die Stufen der Freitreppe hinunter.

Vincent steckte Min in seine Brusttasche, schlürfte einen Drink mit dem Strohhalm, bis er unanständige Geräusche machte, und folgte dann der Gruppe.

KAPITEL 5

Die große Besichtigungstour und begrabene Träume

Treten Sie näher, meine Damen und Herren. Hier ist genug Platz für alle. Weil unser Gelände so weitläufig ist, benutzen wir für die große Besichtigungstour sogenannte Jetpacks.« Rupert deutete auf eine Wand mit Regalen, in denen Rucksäcke in Raketenform lagen. Man hätte meinen können, in einem Science-Fiction-Film gelandet zu sein. Wieder benutzte Rupert das beidhändige Signal, mit dem Flugbegleiter auf die Gepäckfächer hinweisen. Überhaupt schien er Spaß an solchen Gesten zu haben. »Zum Glück kommen die meisten unserer Gäste mit einem Lama als R-r-reittier gut zurecht.« Er wies mit beiden Händen auf die andere Seite des Raums, wo eine Reihe zottiger Lamas an Heubüscheln kauten. Die langhalsigen Wesen starrten die Gäste an, und diese starrten zurück. »Der Flug mit einem Jetpack kann hingegen heikel sein«, fuhr Rupert fort, und seine Hände flatterten zurück zum Regal, was eigentlich unnötig war, denn inzwischen hatte auch der Letzte begriffen, welches die Raketenrucksäcke und welches die Lamas waren.

»Ohne ein bisschen Flugtraining haben wir dann womöglich Gäste, die vom Himmel fallen wie Santa Claus bei einem Zyklon.«

Ein Mitarbeiter der Transporttruppe half Vincent, seinen Jetpack überzustreifen. Der musste sich immer wieder selbst überzeugen, dass er nicht träumte. *Gleich werde ich fliegen! Ich werde tatsächlich gleich durch die Luft fliegen!* Er legte seine Arme auf die Armstützen, die vorne herausragten, und ergriff die Steuerknüppel. Der Jetpack war so leicht! Nicht viel schwerer als sein Schulranzen.

»Bitte nicht auf Knöpfe drücken oder die Steuerknüppel bewegen, solange wir uns in geschlossenen Räumen befinden«, instruierte Rupert die Gäste. Prompt schoss Max an die Decke hinauf und blieb dort hängen wie eine Libelle, die durchs Oberlicht entkommen will.

»Verflixt!«, schrie Max und strampelte verzweifelt mit den Füßen, als säße er auf dem Fahrrad.

»Schnell, schnell. So helft ihm doch!«, schrie seine Mutter, die daraufhin selbst hektisch die Steuerknüppel herumriss und durchs Zimmer zischte wie ein Ballon, dem die Luft ausgeht.

Vincent und die anderen duckten sich.

Die Lamas schauten interessiert nach oben.

»Entschuldigung«, sagte ein ungeduldig dreinschauender Geschäftsmann. »Wie lange dauert das hier denn noch? Ich habe wichtige Anrufe zu erledigen.«

»Keine Sorge, Mr Cash«, sagte Rupert, der am Boden lag und den kahlen Schädel mit den Händen bedeckte. »Dazu haben Sie gleich Gelegenheit. Und jetzt, Max, zieh den linken Hebel zu dir her. Aber *langsam*.«

Max ging zu Boden wie eine Drohne mit leerer Batterie. Zum Glück fiel er auf den weichen Bodenbelag, den man hier in weiser Voraussicht verlegt hatte. Zu solchen Vorfällen kam es immer wieder.

»Langsam«, wiederholte Rupert, diesmal für die Mutter des Jungen, die mit dem Gesicht zur Wand in einer entfernten Ecke des Raums festhing.

»Linke Hand zum Körper, Madame. Aber vorsichtig!«

Max' Mutter rutschte langsam an der Wand herunter wie ein Klumpen Glibber. (Ich hatte gehofft, es eurer Fantasie überlassen zu können, welche Art von Glibber es war, aber mein Co-Autor liegt mir in den Ohren, dass man einen »Klumpen Rotz« auch als einen »Klumpen Rotz« bezeichnen sollte. Und damit hat er vermutlich recht.) Vincent half Max' Mutter beim Aufstehen. Die arme Frau sah aus, als wollte sie sich zusammenrollen, einschlafen und nie mehr aufwachen.

»Per-r-rfekt!«, sagte Rupert. »Dann probieren wir es jetzt im Freien.«

Draußen setzten die Gäste ihre Taschenhunde auf den Rasen und begannen zu üben. Vincent fiel ein Mädchen auf, das eine Augenklappe trug und einen stark schaukelnden Gang hatte. Sie schien besonders begeistert, ihr Handicap zurücklassen und sich in die Lüfte erheben zu können.

»Und denkt dar-r-ran, linke Hand für rauf und runter, rechte Hand für geradeaus. Dann kann eigentlich nichts schiefgehen!«, rief Rupert seinen Flugschülern durch ein Megafon zu, das er offenbar genauso liebte wie die Handzeichen.

Für jemanden, der noch nicht mal Fahrrad gefahren war, hatte Vincent den Dreh erstaunlich schnell heraus. Bald konnte er problemlos starten und landen und in einigen Metern Höhe über dem Boden kreisen. Es war ein unglaubliches Gefühl. *Ich fliege! Ich fliege tatsächlich!*

Vincent versuchte, den Jungs mit den Sprungschanzennasen zu helfen, die herumschossen wie Knallfrösche bei einem Hinterhoffeuerwerk.

»Oah!« *Klatsch.*

»Oah!« *Klatsch. Bumm.*

»Oah!« *Klatsch. Bumm. Klatsch.*

Doch sie ignorierten Vincent und wurden stattdessen ziemlich pampig.

»Diese Jetpacks taugen nichts«, beschwerte sich einer der Jungs. »Sie funktionieren nicht!«

»Genau!«, sagte ein anderer. »Sonst könnten wir es. Schließlich sind wir in *Kampf um Beejaa III* schon tausend Mal geflogen.«

»In dem Fall halte ich einen Preisnachlass für angemessen«, insistierte ihr Vater.

Rupert erklärte, dass Fliegen mit einem Jetpack in der Realität etwas völlig anderes sei als in einem Computerspiel.

»Ihr seid bloß zu FETT!«, brüllte Max. »Fett fett fett fett **fett!**«

»Oh! Entschuldigen Sie. Das tut mir ja so Entschuldigung«, plapperte Max' Mutter, die vor lauter Peinlichkeit keinen vernünftigen Satz mehr herausbrachte.

»Das sollte es auch!«, kreischte Mrs Skischanzennase. »Meine Jungs sind vielleicht ein bisschen pummelig, aber Ihr Sohn ist ein klarer Fall für die Klapsmühle.«

War das Hotel wie aus einer anderen Welt, so kamen Vincent seine Gäste nur allzu vertraut vor.

Als das Gezanke aufhörte und jeder sein Fluggerät einigermaßen beherrschte, konnten sie endlich zur großen Besichtigungstour aufbrechen. Mit Rupert als Leitgans ordneten sich die Gäste zu einer V-Formation. Nachdem sie zum anderen Ende des Sees geflogen waren, gab Rupert das Zeichen zur Landung.

»Gr-r-roßartig! Nur ein paar nasse Füße.« Rupert zwirbelte seinen windgezausten Schnurrbart wieder in

Form. »Diese wunderschöne Insel inmitten des Sees wird Fin's Island genannt. Und sie ist wirklich einzigartig! Dank einer glücklichen Laune der Natur herrschen hier Wetterbedingungen, die ein ganz besonderes Mikroklima geschaffen haben. Obgleich wir uns fast 3500 Meter über dem Meeresspiegel befinden, gedeiht hier ein kleiner tropischer R-r-regenwald. Ganz unerhört für diese Höhe. Wir hatten schon Botaniker und Biologen und Klimaforscher hier, aber keiner konnte es erklären. Genau so mögen wir es hier im The Grand. Es gibt nichts Großartigeres als Rätsel. Wer möchte schon alles erklärt haben, frage ich Sie?«

»Ich. Ich hasse Rätsel«, erwiderte Mrs Skischanzennase. »Ich ziehe es vor, alles genau zu wissen.«

»Eben. Auf dieser Insel leben über fünfzig Orang-Utans«, fuhr Rupert unbeirrt fort, »und eine große Kolonie von Faultieren.«

»Faultiere! Oh mein Gott, ich *liebe* Faultiere. Daddy, kann ich meine Taschenhunde gegen ein Faultier tauschen?« Chelsea zerrte die beiden Hündchen aus der Tasche und drückte sie unsanft ihrem Vater in den Arm.

»Die Faultiere müssen leider auf der Insel bleiben«, erklärte Rupert. »Sie sind sehr standorttreu und hassen Tapetenwechsel.«

Chelsea schnappte sich ihre beiden Taschenhunde und zog eine Schnute.

»Ich verstehe dich ja, Chelsea. Wir hier im The Grand

sind alle große Faultierfans«, sagte Rupert. »Aber ich rate dir, den Kurs ›Finde dein inneres Faultier‹ mitzumachen, den unser Faultierpfleger Fin an manchen Tagen anbietet. Immer gegen drei Uhr. Du kannst ein Tretboot oder ein Kanu nehmen.« Rupert deutete auf eine kleine Flotte mit Tretbooten in der Form weißer Schwäne und indianischer Kanus.

»Per-r-rfekt! Dann ziehen wir weiter. Wir haben noch viel vor uns.« Rupert und die Gäste starteten wieder. Während des Flugs wies Rupert auf einige der 350 Vogelarten und 1300 Spezies hin, die im The Grand zu Hause waren. Die Bandbreite der Bewohner war wilder und wunderbarer als in jedem afrikanischen Nationalpark. Es gab Giraffen, Kängurus, Gazellen, Kamele, Bären und nun auch Nilpferde. Rupert erklärte, dass alle Tiere aus illegalen Zoos stammten oder Wilderern weggenommen worden seien. Offenbar hatte Florence' Tante Jane, eine bekannte Tierschützerin, sie alle eigenhändig gerettet. »Das Klima hier erlaubt es ihr, Tiere von nahezu überall auf der Welt zu uns zu bringen.«

»So berühmt kann die gar nicht sein. Hab noch nie von ihr gehört«, maulte Chelsea, die noch immer wegen des Faultiers beleidigt war.

»Nun, Tante Jane ist nicht jemand, der selbst die Werbetrommel für sich rührt, Chelsea. In ihrem Metier bleibt man besser uner-r-rkannt. Zum Beispiel, wenn man einem mit AK-47s bewaffneten Trupp Nilpferdjäger auf der Spur ist.«

»Warum saugt der Mann das Gras?«, wollte Max wissen und deutete nach unten. Vincent sah tatsächlich jemanden, der mit einer Art Staubsauger über die Wiese ging.

»Das ist kein Staubsauger, Max«, erklärte Rupert. »Es ist einer unserer Kackekollektoren.«

»Kackekollektoren?«

»Ja. Kackekollektoren. Sie sind auf dem gesamten Gelände im Einsatz, denn es ist nicht gerade großartig, wenn man in einen Kackehaufen tritt. Besonders, wenn er von einem Elefanten stammt.«

Vincent stellte seinen Jetpack auf Autopilot und schaute durch sein Fernglas hinunter. Er hätte zwar jeden Job angenommen, den man ihm im The Grand anbot, war aber doch froh, nur Schuhe polieren und nicht Kacke aufsammeln zu müssen.

»Elefantenkacke! Hahahahahah! Elefantenkacke! Darf ich auch mal?«, jubelte Max. »Ich möchte einen großen, schlabberigen Scheißhaufen aufsaugen und dann in den Rückwärtsgang schalten und ihn in den Himmel schießen! Das wäre ein Shitstorm! Hahahahahah! Versteht ihr? SHITSTORM … Hahahahahah!« Max machte ein Geräusch irgendwo zwischen Rasensprenger und Maschinengewehr. PFT PFT PFT PFT PFT.

»MAX!«, kreischte seine Mutter.

»Elefantenkacke ist nicht schlabberig, Max. Sie ist sogar ziemlich fest. Nun, hatte ich schon erwähnt, wie *ab*solut fan*ta*stisch man hier im The Grand Vögel beobachten kann?«, sagte Rupert, offensichtlich bemüht, das Thema zu wechseln. »Daher die Ferngläser! Sehen Sie die Wiese mit den Wildblumen?« Doppeltes Handsignal nach rechts. »Das ist die Hummelheide. Wenn Sie genau hinsehen, merken Sie, dass es dort von Hummeln nur so wimmelt. Im Sommer ist ihr Brummen so laut wie ein Formel-1-Rennen.«

Weiter führte sie ihr Flug über Plantagen mit exotischen Früchten, einen riesigen Skater-Park und Go-Kart-Track, eine Eislaufbahn, eine Rollschuhbahn und jede Art von Spielfeld und Sportanlage, die man sich nur vorstellen kann. Es gab ein gigantisches Freiluftschach mit Figuren so groß wie gut genährte Kleinkinder. Eine Serie von Swimmingpools, mal mit Wellen, mal mit Wasserfällen, mal mit Rutschen, die die Kinder in die Luft schleuderten wie Pizzateig. Einen Vergnügungspark mit heißen Quellen, Riesenschaukeln, Trampolinen und Trapezen. Die umliegenden Berge waren voller Wanderwege, Kletterfelsen und Skiabfahrten. Auf halber Höhe gab es sogar eine Plattform für Drachenfliegen, Fallschirmspringen, Bungeejumping und andere waghalsige Unternehmungen, bei denen man sich den Hang hinunterstürzte.

Nach dem Mittagessen im Tenzing – dem rotierenden Glasrestaurant auf dem Gipfel des Mount Mandalay – und dem Nachmittagstee mit schläfrigen Schneeäffchen in einer heißen Quelle, fand Rupert, dass es Zeit sei, den Gästen ihre Zimmer zuzuweisen. »Doch vorher haben wir noch einen weiteren Programmpunkt.«

Was kann denn jetzt noch kommen?, fragte sich Vincent.

Zusammen mit den anderen Gästen folgte er Rupert zu Fuß auf ein abseits gelegenes Feld.

»Hier sind wir«, verkündete Rupert.

Und wo ist hier?, dachte Vincent und schlug die langen Grashalme beiseite, die ihn wie lästige Fliegen in den Kniekehlen kitzelten. Alles, was er sah, waren rostige alte Maschinenteile und Abfallhaufen.

»Was *ist* denn das?«, fragte Mrs Skischanzennase nervös. »Warum bringen Sie uns an so einen Ort? Das ist doch bloß eine Müllkippe.«

Ausnahmsweise musste Vincent Mrs Skischanzennase recht geben. *Warum bringt Rupert uns zur Müllkippe des Hotels?*

»Ich hab kein Netz!«, jammerte eine der jungen Skischanzennasen.

»Ich auch nicht«, klagte ein anderer.

Während die Gäste ihren Unmut äußerten, sah Vincent sich genauer um. Was auf den ersten Blick wie Abfallhäufen aussah, waren in Wirklichkeit kleine Schreine. Pyramiden aus sorgsam aufgeschichteten

Steinen, Totholz und kaputten Sachen. Manche hatten Fähnchen aus zerschlissener Kleidung an der Spitze. Andere einen verrosteten Spielzeugroboter, ein Hundehalsband, einen in der Sonne geborstenen Anstecker. Vincent beschlich ein sonderbares Gefühl; etwas schien durch ihn hindurchzugehen. Er zitterte. *Muss die kalte Gebirgsluft sein.*

»Das ist unser Schrottplatz für kaputte und begrabene Träume«, erklärte Rupert. »Hier kann man neue Träume finden und dafür ein paar alte begr-r-raben.«

Die meisten Gäste sahen aus, als hätte man ihnen soeben etwas über intergalaktische Schwarze Löcher erzählt. So auch Vincent. Er konnte sich nicht vorstellen, wie ein Schrottplatz für Träume funktionieren sollte. Oder warum ein schickes Hotel wie The Grand so etwas überhaupt hatte. *Wie begräbt man einen Traum? Und warum sollte man das tun? Sind Träume nicht etwas Gutes?* Vincent dachte an die vielen Stunden, die er mit Tagträumen verbrachte, und sie zählten zu seinen schönsten.

Und dann spürte er es wieder. Dieses seltsame Gefühl, als ginge etwas durch ihn hindurch. Mittendurch. *Könnte das ein Traum gewesen sein? Bin ich durch jemandes begrabenen Traum gegangen?*

»Und das nennen Sie großartig?«, kreischte Mrs Skischanzennase. »Sie haben wohl nicht alle Kängurus im Stall, wenn Sie diese Müllkippe als großartig bezeichnen! Mir doch egal, wie reichhaltig das Frühstücksbuffet ist! Jungs, wir gehen!«

»Aber nicht ohne Rückerstattung«, warf Mr Skischanzennase ein.

»Ich gebe zu, dass er nicht gerade großartig aussieht«, räumte Rupert ein, »aber das liegt daran, dass wir den Fehler machen, Großartiges mit Größe und mit Luxus zu verbinden. Dabei hat das wahr-r-rhaft Großartige weder mit dem einen noch mit dem anderen zu tun, sondern mit der Besänftigung der Seele. Deshalb lautet unser Wahlspruch *Jeder hat gelegentlich ein bisschen Großartigkeit verdient.*«

Vincent erinnerte sich, was Florence am Bahnhof zu ihm gesagt hatte: *Großartigkeit begreift man am besten, wenn man sie selbst erlebt.* In seinem Hirn wirbelten die Gedanken wie bei einem Tropensturm.

Rupert startete seinen Jetpack und erhob sich ein paar Meter in die Luft. »Alsdann. Fliegen wir zurück und quartieren Sie ein.«

KAPITEL 6

Zimmer

An der Rezeption begann Rupert, den neuen Gästen ihre Zimmer zuzuteilen. »Es läuft folgendermaßen: Ich mache Vorschläge, und Sie suchen sich aus, was Ihnen genehm ist«, erklärte er.

»Wir fangen mit Mrs Peters an. Für Sie und Max dürfte das Hüpfbur-r-rgzimmer das Richtige sein.« Für Familien mit Kindern, die man keine Sekunde allein lassen konnte, ohne dass sie totales Chaos stifteten und alle und jeden ins Unglück stürzten, empfahl Rupert immer das Hüpfburgzimmer. Ihre Eltern konnten dann endlich mal durchatmen und entspannt einen Drink in der Lobby nehmen, denn die kleinen Racker waren sicher verwahrt und konnten sich nicht aufführen wie der sprichwörtliche Elefant im Porzellanladen. »Jedes Möbelstück ist aufblasbar. Und du, Max, kannst nach Herzenslust gegen die Wände dotzen. Als Alternative kann ich noch das Flauschzimmer anbieten, wo alles weich und fluffig ist, oder das Beutelzimmer. Beide wirken wunderbar beruhigend.«

»DAS HÜPFBURGZIMMER! DAS HÜPFBURGZIMMER!«, schrie Max.

Man sah der völlig entnervten Mrs Peters ihre Erleichterung an, als sie beschloss, dass das Hüpfburgzimmer genau das Richtige sei. Rupert zwinkerte ihr zu und beugte sich über die Rezeption. »Ich vergaß zu erwähnen, dass es außerdem absolut feuerfest ist«, flüsterte er ihr zu. »Selbst wenn er einen Molotow-Cocktail schmeißt, kann nichts anbrennen.«

Mrs Peters stieß einen erleichterten Seufzer aus und rang ihren erschöpften Zügen ein Lächeln ab. Das war schon so lange nicht mehr vorgekommen, dass ihre Gesichtsmuskeln ihr kaum noch gehorchten.

Ein Hotelportier schnappte Max, setzte ihn sich auf die Schultern, packte die Taschen, und los ging's. Noch lange konnte man Max rufen hören: »Hüah! Hussa!« und: »Schneller, schneller!«

Als Nächste kamen ein alter Mann und seine Enkelin an die Reihe. Unwillkürlich bemerkte Vincent, was für traurige Augen die beiden hatten.

»Ah, Opa Peach und die liebliche Lily. Großeltern lieben wir hier im The Grand ganz besonders! Aber das versteht sich ja von selbst. Wie wäre es mit dem Schwebezimmer? Eine unglaublich erhebende Erfahrung! Oder vielleicht das Kicherzimmer? Hauptsache, Sie tragen keine zu enge Kleidung, sonst platzen nämlich die Knöpfe ab. Aber nein, besser nicht«, sagte

Rupert mit einem Blick auf das Belegbuch. »Sie sind für eine Woche hier. Mehr als eine Nacht im Kicherzimmer hält keiner aus. Aber da hätten wir noch das Glimmerzimmer. So viel Glitzer und Glimmer auf einmal haben Sie noch nie gesehen. Und das Bad ist voller Glitzerkosmetik – funkelndes Lipgloss, Glitzershampoo, sogar das Badewasser schimmert. Das reinste Meeresleuchten, natürlich alles Bio. Man muss nur das Licht löschen, bevor man reinsteigt. Und für danach liegen selbstverständlich glitzernde Bademäntel bereit.«

Die Glitzerbademäntel gaben den Ausschlag, und Opa Peach und Lily schienen selbst zu funkeln und zu strahlen, als sie sich auf den Weg zu ihrem Zimmer machten.

Die Nächsten waren das schüchterne Mädchen mit dem Schaukelgang und seine Mutter, die die Hand ihrer Tochter umklammert hielt wie eine Vogelkralle den Ast an einem stürmischen Tag.

»Ah, meine liebe April! Für dich habe ich *genau* das Passende«, sagte Rupert. »Und zwar das Weißt-du-noch-Zimmer. Dort kann man sich an absolut alles erinnern, was seit der Geburt passiert ist. Die erste Liebkosung, das erste warme Bad, der erste Vogelgesang! *Unfassbar*!«

Vincent stellte es sich spannend vor, sich daran zu erinnern, wie er seiner Mum und seinem Dad zum ersten Mal begegnet war. *Was hab ich mir da wohl gedacht?*

Rupert beugte sich zu April hinunter und flüsterte ihr ins Ohr: »Es ist eines unserer ganz besonderen Zimmer, reserviert für ganz besondere Gäste.«

April lächelte und sah zu ihrer Mutter auf. Die nickte.

»Und hier kommt auch schon Polly«, sagte Rupert. »Sie wird dich in dein Zimmer br-r-ringen.« Ein winziges Pony kam angetrottet. Es trug einen gewaltigen Kopfschmuck – ein dramatisches Feuerrad aus roten und türkisfarbenen Perlen und majestätischen Adlerfedern. April schlang die Arme um den Hals des Ponys. Ein Page eilte herbei, setzte sie auf den Ponyrücken, und ab ging's ins Weißt-du-noch-Zimmer.

Dann kamen die D'Silvas (vormals bekannt als die Familie-mit-den-Skischanzennasen, was, wie ich zugebe, einen Tick unhöflich und respektlos ist, aber, wie mein Co-Autor richtig hervorhob, erschreckend zutreffend). Keiner der D'Silvas war auch nur das kleinste bisschen beeindruckt vom The Grand. Die Jungs blickten kaum von ihren Handys auf, und Mr und Mrs D'Silva hatten an allem etwas auszusetzen. Offenbar waren sie bereits in jedem teuren Luxushotel der Welt abgestiegen – eine Information, die sie geschickt in jede Unterhaltung einflochten. Man hätte sie nach der Uhrzeit fragen können, und ihre Antwort hätte garantiert mit den Worten begonnen: »Tja, als wir damals im Royal

Palace in Marokko waren … bla bla bla.« Ihr versteht, was ich meine, ja?

»Wie wär's mit dem Zimmer des Unerwarteten?«, schlug Rupert unverdrossen vor. »Viele weit gereiste Gäste schätzen das Unerwartete.«

»Ganz gewiss *nicht*. Wir hassen Überraschungen. Die D'Silvas sind geborene Führungspersönlichkeiten«, erklärte Mrs D'Silva. »Wir legen Wert darauf, *immer alles* unter Kontrolle zu haben.«

»Außerdem weiß man nie, was solche Überraschungen kosten!«, mischte Mr D'Silva sich ein.

»Dann vielleicht Indoor-Skifahren? Unser Winterwunderlandzimmer hat momentan *fantastischen* Pulverschnee.« Rupert ahmte das Wedeln auf einer Skipiste nach. Er streckte den Hintern raus, verlagerte das Gewicht von einer Seite auf die andere und raste zwischen imaginären Slalomstangen hindurch.

»Nein«, blaffte Mrs D'Silva und schüttelte energisch den Kopf. »Skiurlaub machen wir grundsätzlich nur in Aspen. Und als wir das letzte Mal dort waren, wollten die Jungs das Chalet nicht verlassen, weil es auf der Piste kein WLAN gab. Ist das nicht unerhört?«

»Sie haben ja so recht, Gnädigste«, entgegnete Rupert fröhlich. Er war schwierige Gäste gewöhnt. »Oder der Himmel über Afrika? Sie werden glauben, die afrikanische Savanne vor sich zu haben. Eine transzendente Raumerfahrung.«

»Auf gar keinen Fall. Afrikanische Savannen sind für Mistkäfer, *nicht* für die D'Silvas«, erklärte Mrs D'Silva.

»Dann hätten wir noch die Tropische Insel im Angebot. Kar-r-ribik, genauer gesagt.« Ruperts Hüften rotierten zu den Klängen einer imaginierten Steelband aus Trinidad und Tobago; sie wippten im Takt, während sein Oberkörper erstaunlich ruhig blieb.

Mrs D'Silva rollte mit den Augen. Ihre Lippen zuckten wie zwei vergiftete Schnecken. »Wir sind gerade aus Barbados zurück. Da durften wir nicht mal mit unserem SUV auf den Strand fahren! Wegen irgendwelcher Eier legenden Schildkröten. Ich bitte Sie. Wie hätten wir denn ans Wasser kommen sollen? *Zu Fuß* etwa?«

»Ach, wirklich«, sagte Rupert. »Hmmm. Oder unser Schmetterlingszimmer? Es beherbergt über zehntausend verschiedene Arten. Einfach hinreißend. Man fühlt sich wie in einem lebendigen Kaleidoskop. Und ob Sie's glauben oder nicht, Schmetterlinge können ja soo zärtlich sein.«

»Nein. Kommt nicht infrage. Diese Flatterdinger. *Igitt*. Und wo Schmetterlinge sind, da sind auch Raupen. *Eklig*.«

»Dann ist das Glühwürmchenzimmer wohl raus? Und wie steht's mit der Eulenkinderstube samt Modelleisenbahn? Der Zug fährt durchs ganze Zimmer, und die Babyeulen *lieben* ihn. Das ist eines meiner persönlichen Lieblingszimmer. Wartet, bis ihr sie gesehen habt, diese kleinen Flauschkugeln mit Augen und Schnabel. Sie fahren stundenlang im Kreis herum und springen geschickt auf und wieder ab«, schwärmte Rupert und konnte seine Begeisterung kaum im Zaum halten.

»Nein, keine Tiere! Außer sie stehen auf der Speisekarte! Hahaha!«, lachte Mrs D'Silva. Beim Lachen warf sie den Kopf so weit zurück, dass man in ihre Nasenlöcher schauen konnte.

»Aber gewiss doch. Das Wellenzimmer?«

»Wenn wir Wellen wollen, machen wir eine Kreuzfahrt, Mann.«

»Das Sonnenaufgangszimmer? Die Aussicht ist grandios!«

»Gott, nein. Wir schlafen lieber aus.«

»Dann wäre vielleicht das Sonnenuntergangszimmer das Richtige für Sie. Der ganze R-r-raum ist in ein zauberhaft goldenes Licht getaucht. Absolut überir-r-r-disch.«

»Und wenn es bewölkt ist?«, erkundigte sich Mr D'Silva. »Ich nehme an, Sie geben uns eine schriftliche Garantie, dass es keine Wolken gibt. Und eine komplette Rückerstattung, falls doch.«

»Das Virtuosenzimmer? Dort spielt man jedes Instrument absolut meisterlich.«

»Die D'Silvas spielen nicht, Rupert. Sie lassen spielen.« Mrs D'Silvas Lippen zogen sich so fest zusammen wie ein Katzenpopo.

»Das atemberaubende Zimmer?«

»Lassen Sie mich raten. Es ist atemberaubend?«, entgegnete Mrs D'Silva sarkastisch. »Atemberaubend hängt mir zum Hals heraus.«

»Das Antischwerkraftzimmer?«

Die drei Jungs sahen von ihren Handys auf, blinzelten und blickten wieder auf die Bildschirme.

»Sehen wir aus wie Astronauten?«, blaffte Mrs D'Silva.

»Milchstraßenzimmer? Es liegt im obersten Stockwerk. Ideal zum Sternegucken. In einer günstigen Nacht kann man dort Hunderte von Sternschnuppen sehen. Das Mädchen, das mit den meisten Sternschnuppensichtungen ins *Guinness-Buch* kam, hat diesen Rekord in unserem Milchstraßenzimmer aufgestellt!«, erklärte Rupert stolz, wobei er mit dem Kopf nickte wie ein Wackeldackel.

»Sternschnuppen sind überschätzt. Ich verstehe nicht, was die Leute an brennenden Steinen finden. Du, Harold?«

»Nein, Liebling. Keine Ahnung.«

Vincent war schockiert. Er hätte alles gegeben, um eine Sternschnuppe zu sehen, aber der braune, stinkige Dunst von FishyKittys machte Sterngucken in Barry unmöglich. Die D'Silvas rümpften ihre ohnehin aufgedrehten Nasen über alles und jedes! Vincent hielt es für ein Wunder, dass Rupert ihnen nicht schon längst eins über die Rübe gegeben hatte.

Alle außer Rupert waren verwundert, als die D'Silvas sich schließlich für *La Chambre de Pommes Frites* entschieden. Es war ein ganz normales Standardzimmer, das lediglich über zwei zusätzliche kleine Schiebetüren in der Wand verfügte. Öffnete man die erste Tür, fand man dahinter eine Schale mit ofenfrischen Pommes, dazu Chicken Salt und Ketchup. Ganz gleich, wie schnell man es öffnete oder wie oft. (Und die D'Silva-Jungs unterzogen den Mechanismus einem Härtetest). Hinter der zweiten Tür verschwanden die Schalen, damit niemand sehen konnte, wie viele man verdrückt hatte. Nicht mal das Putzpersonal. Rupert wusste schon, dass vornehme Leute auf *La Chambre de Pommes Frites* flogen. Das war französisch für Frittenzimmer.

»Ah, Mr Cash«, sagte Rupert an den gestressten Geschäftsmann gewandt, der im Takt seiner mit lautem PLING! eingehenden Nachrichten zuckte. »Ihnen möchte ich den R-r-raum zur kurzen R-r-rast ans Herz legen. Sie müssen beim Aufdrehen des Wasserhahns nur daran denken, dass das Wasser erst nach einigen Minuten fließt. Dasselbe mit den Lampen. Selbst wenn Sie das Fenster öffnen, spüren Sie den Luftzug mit einer gewissen Verzögerung. Glauben Sie mir. In null Komma nichts sind Sie völlig entspannt. Oder vielleicht der Tr-r-ransitr-r-raum? Der ist wie eine belebte

Airport Lounge. Hier im The Grand haben wir schrecklich beschäftigte Leute, die sich nur entspannen können, wenn sie irgendwohin unterwegs sind.«

Ein Hoffnungsschimmer glitt über das erschöpfte Gesicht des Geschäftsmanns. »Sie haben recht! Ich habe schon öfter mein Flugzeug versäumt, weil ich in der Goldklassen-Lounge eingeschlafen bin. Und nachts im Bett finde ich keine Ruhe. Das nehme ich.« Mr Cash nahm seinen Aktenkoffer und hastete zuckend in den Transitraum.

Die Nächste war Chelsea. Sie verschmähte das Vogelnest, den Jelly Pool, das Wolkenzimmer, das Mondlichtzimmer und die Schaukelpferdrennbahn, bevor sie sich für das Achterbahnzimmer entschied. Ihrem armen Vater wurde schon bei der Vorstellung ganz schwummerig, und er lief rot an wie ein gekochter Hummer, als er erfuhr, dass dort sogar das Bett auf Schienen montiert war.

»Keine Sorge«, flüsterte Rupert in das Ohr von Chelseas Vater. »Das Achterbahnzimmer liegt gleich neben dem Japanischen Wunschzimmer. Wenn Sie genug haben vom Midnight Dipper, schlüpfen Sie einfach in einen Kimono und setzen nebenan den einen oder anderen Wunsch ab. Dort ist es *absolut* friedlich.«

Chelseas Vater entspannte sich und zog mit seiner Tochter los.

Endlich war Vincent an der Reihe.

»Nun, Vincent! Was haben wir denn für dich?«

Die Nadel an seinem Erregungsmesser schoss schon wieder über Weihnachten hinaus.

Lächelnd blätterte Rupert im Belegbuch. Vincent war beeindruckt, dass er nach so vielen schwierigen Gästen kein bisschen mürrisch oder erschöpft war.

»Hmm. Wie wär's mit dem Essbaren Zimmer?«, schlug er fröhlich vor. Ein bisschen Aufpäppeln könnte Vincent nicht schaden. Seine Beine waren stangendürr, und es sah aus, als hätte er zwei ganze Äpfel verschluckt, die auf Höhe der Knie hängen geblieben waren. »Der Teppich besteht wahlweise aus weichem Karamell oder Knusperkeks-Schokoriegeln. Und die Wände können, je nach Geschmack, süß oder pikant sein. Überall kann man lecken, lecken, lecken! Nicht zu vergessen die Lampenschirme aus Er-r-rdnussbutter und das unschmelzbare Schokosofa – einfach zum Niederknien. Aber wenn dir nach Abenteuer zumute ist, dann wäre vielleicht das Experimentierzimmer das Richtige. Dort kannst du es so richtig kr-r-rachen lassen. Oder das Wimmelwesenzimmer? Dort gibt es Mäuschen, Pygmäenopossums, Igelbabys, Streifenhörnchen, Hamster. Oder vielleicht lieber die Internationale Raumstation? Der aktuelle Ausblick von der ISS wird an alle vier Wände gebeamt. Das bedeutet sechzehn Sonnenunter- und -aufgänge pro Tag! Und natürlich bist du schwerelos. Außer im Badezimmer, da wäre das unpraktisch. Dann haben wir noch einen meiner Lieblinge: das Klettbandzimmer. Du kannst über Wände und Decke laufen. Eine Riesengaudi! Und praktisch obendrein, wenn du nicht gern deine Sachen aufhängst oder häufig Dinge verlegst. Du kannst einfach alles an die Wand schmeißen.«

Vincent sah Rupert mit großen Augen an.

»Wie soll ich mich zwischen sechzehn Sonnenuntergängen und Lampenschirmen mit Erdnussbuttergeschmack entscheiden?«, fragte er. »Am liebsten würde ich in jedem von denen wohnen.«

»Oder sie alle kombinieren! Wäre DAS nicht großartig? Solange du keine winzigen Wesen explodieren lässt, ist das eine super Mischung. Werde mal sehen, was sich machen lässt.« Rupert notierte etwas in sein Belegbuch. »Aber vorerst würde ich dir raten, die Sache mit dem Ausschlussverfahren etwas einzugrenzen.«

Und das tat Vincent. »Okay, Florence hat das Frühstücksbuffet erwähnt und was von Schokobrunnen gesagt. Da kann ich auf das Essbare Zimmer wohl verzichten. Wäre doch ein Jammer, wenn ich die Schokobrunnen nicht würdigen könnte, weil ich zu viel vom Karamellteppich gegessen habe.« Vincent erinnerte sich daran, dass vor nur zwei Tagen sein sehnlichster Wunsch eine Tüte Salz-und-Essig-Chips und ein blauer Sportdrink gewesen war. Und JETZT verschmähte er ein ganzes essbares Zimmer. Als Nächstes sortierte er die Internationale Raumstation aus. Er konnte kaum glauben, dass er auf die Erfahrung verzichtete, alle neunzig Minuten die Erde zu umrunden, aber Astronaut hatte er noch nie werden wollen, und warum sollte er gerade jetzt damit anfangen? Angesichts seiner Noten in den Naturwissenschaften hielt er sich besser vom Experimentierzimmer fern. Nach seinem letzten Versuch hatte es fast zwei Monate gedauert, bis seine Augenbrauen nachgewachsen waren. Blieben also noch das Klettbandzimmer und die Wimmelwesen.

»Unmöglich zu entscheiden!«

Rupert wusste, dass zu viel Wahlfreiheit – vor allem für jemanden, der zuvor nie welche hatte – ein echtes Problem sein konnte. »Ich hab's!«, verkündete er. »Wie wär's mit dem Welpenzimmer? Das heißt, du schläfst bei den übrig gebliebenen Taschenhunden. Mindestens fünfzig von ihnen haben für heute Abend noch keinen Gast zum Kuscheln gefunden. Du würdest uns also einen gr-r-roßen Gefallen tun. Und jemand von der Rezeption geht mit ihnen Gassi, bevor du ins Bett gehst.«

Die rote Nadel seines Erregungsmessers sauste ein weiteres Mal an Weihnachten vorbei und kam irgendwo im Universum zum Stehen. Vincent hatte das Gefühl, auf seine gut gefüllte Waffel sei soeben eine weitere Eiskugel gepackt worden. Er fragte sich nur, wie oft er lecken konnte, bevor der Eisturm einstürzte.

Eine ganze Nacht in einem Zimmer voller Taschenhunde!

»Das nehme ich!«, sagte er.

»Bestens.« Rupert klingelte mit der Glocke für die Pagen-Ponys.

»Vincent«, hörte er hinter sich sagen.

Er drehte sich um und sah Florence auf sich zukommen, umweht von Klavier- und Geigenmusik aus ihren blinkenden türkisfarbenen Stiefeln. »Wie war die Tour?«

»Unglaublich! Das Ganze hier – einfach unglaublich!«

»Hast du dich für ein Zimmer entschieden?«

»Ich bin im Welpenzimmer.«

»Super! Die Taschenhunde hassen es, allein zu schlafen. Und sie machen allen möglichen Unsinn in der Lobby, wenn sie nicht ausgesucht wurden. Emerson und ich bringen dich.«

Emerson war Florence' Taschenhund. Neugierig streckte er den Kopf aus ihrer Jackentasche und sah sich keck um.

»Br-r-rillant!«, begeisterte sich Rupert. »Und vergiss nicht, mit deiner Mum zu telefonieren, Vincent. Ach, und Florry, da fällt mir ein, deine Mum hat angerufen. Sie kann heute Abend nicht skypen.«

»Oh.« Enttäuschung verdüsterte Florence' Gesicht. »Hat sie gesagt, warum?«

»Sie essen mit dem r-r-russischen Präsidenten zu Abend. Offenbar ist er grantig geworden, als sie ihm ein Hawaii-Shirt als Mitbringsel überreicht hat. Er trägt wohl nicht gern Hemden. Schon gar keine hawaiianischen. Jedenfalls muss sie wieder gut Wetter machen, damit sie einen Amur-Leoparden für die Gen-Bank bekommen.«

»Ich dachte, sie seien in Istanbul?«

»Da waren sie. Sie sind extra zu diesem Abendessen nach R-r-russland geflogen. Unvermeidlich, soweit ich verstanden habe.«

»Natürlich. Macht nichts«, sagte Florence und versuchte, auch so zu klingen.

Florence und Vincent durchquerten die Lobby in Richtung Aufzüge.

»Was ist eine Gen-Bank?«, erkundigte sich Vincent. Es musste etwas mit der Expedition zu tun haben, zu der Florence' Eltern vor drei Jahren aufgebrochen waren.

»Ach, das ist ein Projekt, das sich meine Eltern ausgedacht haben, um die vor dem Aussterben bedrohten Tiere zu retten.«

»Und wie funktioniert es?«

»Dazu müssen sie Gewebe von jedem bedrohten Tier auf dem Planeten sammeln. Und dann wird es eingefroren.« Florence drückte auf den Liftknopf. »Wenn sie irgendwann in der Zukunft wirklich ausgestorben sind, kann man die Tiere klonen und wieder zum Leben erwecken.«

»Das ist ja unglaublich«, staunte Vincent.

»Das ist der einfache Teil. Die Regierungen auf dem Globus zur Kooperation zu bewegen ist viel schwieriger. Erst die Hälfte ist der Organisation bislang beigetreten. Zum Glück habe ich Rupert, der mir hilft. Sonst wüsste ich nicht, wo mir der Kopf steht.« Florence schlug die Hacken ihrer musikalischen Stiefel zusammen, als wollte sie sich damit Glück wünschen. Nach der Besichtigungstour konnte Vincent noch viel weniger verstehen, wie man Florence mit einem solchen Hotel alleinlassen konnte – Wainwright-Cunningham hin oder her.

Als sich die Lifttüren öffneten, konnte Vincent gerade noch verhindern, dass seine Zunge wieder die Nummer mit dem aufgetauten Steak machte.

Der Aufzug war so groß wie sein gesamtes Haus.

In der Mitte saß eine Frau an einem Flügel und spielte.

»Zelda«, sagte Florence beim Eintreten. »Das ist Vincent. Er macht heute seinen Schnuppertag, und ab morgen arbeitet er als Schuhputzjunge.«

Zelda blickte auf, während ihre Finger mit unverminderter Geschwindigkeit über die Tasten tanzten. »Hallo,

Vincent«, sagte sie und lächelte herzlich. »Willkommen im The Grand.« Mit ihrem riesigen, farbenprächtigen Turban und den großen Gold-Kreolen sah sie aus wie eine majestätische African Queen.

Ohne das leiseste Geräusch schwebte der Aufzug von der Größe eines Einfamilienhauses nach oben. Zelda spielte vorzüglich. Beruhigender als sanfter Regen. Vincent dachte, wenn sich Thom hier einen Raum aussuchen müsste, würde er sicher den Aufzug wählen.

»Zelda ist schon fünfzig Jahre bei uns, stimmt's?«

»Stimmt, mein Herzchen.«

»Und sie hat noch keinen Tag gefehlt.«

Zelda lachte. »Doch, einen. Den Tag meiner Hochzeit mit Dr. Maabottee. Aber das war lange vor deiner Zeit, Herzchen. Demnächst ist unser Hochzeitstag.«

»Zeldas Mann, Dr. Maabottee, arbeitet auch bei uns. Er ist für die Elefanten verantwortlich«, erklärte Florence. »Das müsst ihr unbedingt feiern, Zelda!«

»Seine Frau zu sein ist für mich schon Feier genug.« Beim Gedanken an ihren Gatten tanzten Zeldas Finger noch ein bisschen lebhafter über die Tasten.

»Für wann erwartet Dr. Maabottee denn Winnies Niederkunft?«, erkundigte sich Florence. »Es scheint, als sei sie schon eine Ewigkeit trächtig.«

»Ich weiß, Herzchen. Zwei Jahre sind eine schrecklich lange Zeit, aber ich fürchte, sie hat noch ein paar

Monate. Stell dir vor, wie das für die gute alte Winnie sein muss.«

»Wer ist Winnie?«, wollte Vincent wissen.

»Eine von unseren Elefantendamen«, erklärte Zelda.

»Ich bin ja *so* gespannt«, rief Florence, klatschte in die Hände und hüpfte auf den Zehenspitzen. »Es gibt nichts Großartigeres als ein Elefantenbaby.«

»Wann, sagtest du, ist dein Hochzeitstag?«, fragte Florence, als sie im elften Stock ausstiegen.

»Ich hab gar nichts gesagt!«, lachte Zelda.

»Nun sag schon, Zelda«, bettelte Florence, die die Tür aufzuhalten versuchte.

»Tschüss, Florry.« Und damit schlossen sich die Türen, die leisen Klavierklänge entschwebten nach unten.

»So einfach kommt sie mir nicht davon«, sagte Florence, während sie den Korridor hinuntergingen.

»Rupert weiß es bestimmt. Wir im The Grand lassen uns keine Gelegenheit zum Feiern entgehen, Vincent.«

Kaum hatte Florence die Tür zum Welpenzimmer geöffnet, wurden sie von einer Welle aus Taschenhunden überrollt. Einige flauschig, andere nicht, aber alle waren sie so unglaublich niedlich, wie nur Tierkinder es sein können.

Florence und Vincent lagen auf dem Boden, spielten mit den Hunden und plauderten wie alte Freunde.

Dabei stellte sich heraus, dass sie tatsächlich massenweise Gemeinsamkeiten hatten.

Beide spielten gern Poker und wetteten für ihr Leben gern mit Monopoly-Geld. Beide liebten Käse auf Pizza, aber hassten Käse auf Brot. Beide kannten den Songtext von »Too Loose« des Rappers MZee auswendig. Und sie konnten es kaum glauben, als sie feststellten, dass ihre Väter denselben Mittelnamen hatten – Benjamin! Obwohl im Fall von Florence' Vater dem Zufall durch die Tatsache nachgeholfen wurde, dass er dreiundzwanzig Mittelnamen hatte, was, wie Florence zugab, selbst für eine großartige Persönlichkeit ein bisschen übertrieben war.

Als orangefarbenes Licht durch die Fenster sickerte, rollten sich die Hündchen einer nach dem anderen zusammen und schliefen ein. Wie flauschige Wollknäuel waren sie über den Boden verteilt.

»Ich gehe jetzt besser. Ich habe irgendwo meine Brille liegen gelassen und muss alle meine Wege zurückgehen, bis ich sie gefunden habe. Warum bestellst du dir nicht was vom Zimmerservice, Vincent? Du schaust ganz schön fertig aus.«

»Geht das?«

»Natürlich! Bestell, was du magst.«

Zimmerservice. Schon wieder eine neue Eiskugel. Vincent hatte noch nie einen richtigen Zimmerservice in Anspruch genommen.

Wie auch? Er hatte ja noch nie in einem Hotel übernachtet!

Zimmerservice war für ihn ein Spiel, das er mit seiner Mutter gespielt hatte, bevor Thom auf der Bildfläche erschien. Er sprang dann in ihr Bett, und sie klopfte an die Tür und sagte »Zimmerservice«. Und dann kam sie mit seinem Abendessen auf einem Tablett herein und setzte sich auf die Bettkante, während er aß. Dabei hatte er sich immer gefühlt wie ein König! Inzwischen war sie viel zu erschöpft für solche Spielchen. Sie war schon froh, wenn sie das Abendessen überstand, ohne Essen von der Wand kratzen zu müssen.

»Sehr gut. Wo ist die Speisekarte?«, fragte Vincent.

»Es gibt keine. Du bestellst einfach, was du willst.«

Junge, Junge! Vincent hüpfte zwischen schlafenden Hunden hindurch zum Telefon. »Äh, könnte ich bitte eine Hühnerpastete haben, und einen Schweinsbraten mit Kruste, eine Tüte Salz-und-Essig-Chips, Knoblauchbrot, eine Schale heiße Pommes und einen Karamellpudding mit Schokoeis und Popcorn obendrauf?«

»Aber selbstverständlich. Etwas zu trinken, Sir?«

»Ach ja, eine rauchende Himbeersaftschorle bitte. Oder – lieber gleich zwei.« Vincent hatte keine Ahnung, warum rauchende Himbeersaftschorle rauchte, aber er konnte nicht genug davon bekommen.

***

Vincent tunkte das letzte heiße Pommes, das ohnehin kalt war, in den Rest der geschmolzenen Eiscreme und ließ sich in eine weiche Wand aus Kissen zurücksinken. Min lag zusammengerollt auf seinem Bauch, der aussah, als hätte sein Besitzer eine Bowlingkugel verschluckt.

Vorsichtig, um sie nicht zu wecken, langte er nach dem Telefon und rief zu Hause an.

Thom kreischte im Hintergrund. »Vincent!«, brüllte seine Mutter gegen den Lärm an. »Wie geht's dir?«

»Fantastisch! Dieser Ort ist einfach unglaublich. Ich habe meinen eigenen Taschen–«

»Tut mir leid. Ich kann dich nicht verstehen«, unterbrach seine Mutter. »Kannst du ein bisschen lauter reden?«

»TASCHENHUND! ICH HABE MEINEN EIGENEN TASCHENH–«

»Es geht nicht. Ich höre dich nicht. Ich muss für Thom Musik auflegen, bevor er deine Schwester aufweckt. Ausraster und Filmstar gleichzeitig sind eins zu viel. Vor allem um diese Uhrzeit. Freut mich, dass du eine schöne Zeit hast, Vincent.«

Vincent und seine Mum schrien sich ihr Tschüss zu und legten auf. Er fühlte sich schrecklich, dass die anderen zu Hause mit einem von Thoms Ausrastern fertigwerden mussten, während er mit seinem Taschenhund kuschelte und rauchende Himbeersaftschorle mit dem Strohhalm trank. Doch ein anderer Teil von ihm fühlte sich keineswegs schlecht. Im Gegenteil, er war ziemlich glücklich. Vincent versuchte, diesen Teil seiner selbst nicht allzu oft aufzusuchen, aber das war nicht immer einfach.

Die Hunde kamen von ihrem Abendgassi zurück, und Vincent machte sich bereit fürs Bett. Vorher musste er noch Rose' Brauenhaare aus seiner Zahnbürste pulen. Er putzte sich die Zähne und nahm seinen Schlafanzug aus der Plastiktüte. Dabei fiel ein Päckchen von der Größe einer Streichholzschachtel aufs Bett. Obendrauf steckte ein Zettel. Vincent löste das Gummiband und las ihn: »Für wichtike Filmprozudenten.« Es war ein Stapel selbst gemachter Visitenkarten.

Marilyn Montgomry
Filseitige Trama-Schauspillerin
Kann Hauptdarstelerinnen oder Bösewichte

Thom hatte seinen Eltern das Träumen ausgetrieben, aber bei Rose schaffte man das nicht so leicht! Sie hatte sich so fest in ihre Träume gewickelt wie in ihr Cape. *Rose würde an ihrem einzigen Abend im The Grand bestimmt nicht ins Bett gehen.* Sie wollte überhaupt nie ins Bett. »Die Nacht gehört den Stars«, würde sie sagen, »und ich bin ein MEGASTAR!«

Wenn ich jetzt einschlafe, ist mein Tag als Gast im Großartigsten Hotel der Welt zu Ende. Rose hat recht. Nicht wegen der Stars, sondern wegen der richtigen Sterne. Das ist womöglich meine einzige Chance, jemals eine Sternschnuppe zu sehen. Oder die Golfbälle auf dem Mond.

Im Bad fand Vincent einen luxuriösen Morgenmantel aus Seide. Vorsichtig ließ er die schlafende Min in die Tasche gleiten, hängte sich das Fernglas um und brach auf in die Nacht.

KAPITEL 7

Heiße Schokolade nach Mitternacht

Es war ja so aufregend!

Ganz allein durch das Hotel zu wandern. In der Nacht! Vincent fühlte sich sehr erwachsen. Er drückte den Abwärts-Knopf und hörte perlende, rauchige Klaviermusik aus dem Aufzugschacht. Er erwartete Zelda, doch als sich die Türen öffneten, sah er einen Mann in schlecht sitzendem Tweedanzug und Kappe über ein normales Klavier gebeugt.

»Oh!«

»N'Abend, Junge. Wohin des Wegs?«, fragte der Klavierspieler. »An die Bar?« Er ließ ein rasselndes, tiefgründiges Husten hören. *»Harr, harr«*, dann schlug er sich auf die Brust, als wollte er eine Münze lockern, die in einem Automaten stecken geblieben ist.

Vielleicht sehe ich ja auch erwachsen aus! Vincent zupfte seinen Morgenmantel zurecht. »Nein, Sir«, sagte er in seiner tiefsten Stimme. »Ich möchte auf die Lobby-Terrasse, zum Sternegucken.«

»Das kannst du auch von deinem Zimmer.«

Vincent fühlte sich wieder wie elf.

Das stimmte. Wie jedes Zimmer im The Grand hatte auch seines einen Balkon, von dem man die Hochebene überblicken konnte.

»Daran habe ich nicht gedacht.«

Der Klaviermann spielte weiter.

»Sind Sie der Nachtschicht-Klavierspieler?«, fragte Vincent.

»Das bin ich. Ich bevorzuge die Nacht. Nachts schlafen viele Vögel unter meiner Kappe. Die wären am Tag nicht da.«

Vincent starrte auf die Kappe des Mannes. Er versuchte sich vorzustellen, wie Vögel auf seinem Kopf schliefen. Und natürlich wollte er wissen, ob sich jetzt gerade welche dort befanden. Oder woher sie kamen. Doch er verzichtete auf weitere Fragen. Er wollte sich nicht blamieren. Vielleicht haben Nachtschicht-Klavierspieler in Aufzügen immer schlafende Vögel auf dem Kopf. Was wusste er schon?

Vincent betrat die Terrasse. Sie war voller Gäste in Seidenmorgenmänteln, die in Liegestühlen lagen und mit Ferngläsern in den Nachthimmel starrten, wobei sie immer wieder »Oohs« und »Aahs« ausstießen. Vincent fand einen leeren Liegestuhl und legte sich darauf. Er sah zur Milchstraße hinauf. Wie deutlich erkennbar sie in der klaren Luft war! Eine schartige Narbe aus Licht und Diamantenstaub teilte den Himmel in zwei Hälften.

Wieder ließ die Terrasse ein gemeinsames »Aah!« hören.

Rasch griff Vincent nach seinem Fernglas. Und dann sah er sie. Eine Sternschnuppe! Die erste Sternschnuppe seines Lebens! Sie segelte über den Himmel, als sei sie überhaupt nicht in Eile.

Es folgte ein kollektives »Ooh!«.

Noch eine. Seine zweite!

Und nun folgte eine der anderen! Vincent war hin und weg.

Nach zwei rauchenden Drinks und einer Schale mit Bällchen-in-beliebiger-Geschmacksrichtung wurden ihm die Augenlider schwer. Er musste unbedingt ins Bett, wenn er morgen als Schuhputzjunge in Bestform sein wollte.

Als er sich zum Gehen wandte, nahmen die Leute ihre Ferngläser von den Augen und winkten. »Gute Nacht, Mitbruder«, sagten sie mit einer Begeisterung und Wärme, wie nur Menschen sie teilen, die gemeinsam Sterne aus dem Weltall fallen sehen.

Auf dem Rückweg in sein Zimmer fühlte Vincent sich unendlich glücklich. Er freute sich über die Begegnung mit dem sonderbaren Klaviermann ebenso wie über das Sternegucken. Er bedauerte nur, dass ihm bei der Wahl für die Geschmacksrichtung der Knabberbällchen nichts Besseres eingefallen war als »Käse und Speck«. Dabei mochte er die nicht mal besonders. Während er durch die Lobby ging, wurde sein Hirn überschwemmt von den köstlichsten Geschmacksideen. Deshalb merkte er auch nicht gleich, dass etwas nicht stimmte.

Das Was-für-ein-Zimmer?

Moment mal.

Hier war ich noch nie.

Vincent machte kehrt.

Das Loslasszimmer? Das Unendlichkeitszimmer? Das Wetten-dass-Zimmer? Das Wiedersehzimmer? Wie?

Auf der Suche nach dem Welpenzimmer lief Vincent den Korridor entlang.

Oh nein, ich muss im falschen Stockwerk sein!

Und dann entdeckte er etwas, das sein Hirn zum Pulsieren brachte und in eine andere Umlaufbahn schickte.

Das Spiegel-der-Zukunft-Zimmer.

Was zum Teufel ist das? Ein Wahrsagezimmer? Was um alles in der Welt …? Wie kann ein Zimmer einem die Zukunft vorhersagen?

Vincent war sich nicht sicher, ob er an Wahrsagerei glaubte. *Wie kann jemand Dinge sehen, die noch gar nicht passiert sind?*

Vincent bückte sich und berührte den Boden. Ein elektrisches Kribbeln stieg ihm die Wirbelsäule hinauf. Fragen, deren Antwort nur die Zukunft wusste, schossen ihm durch den Kopf.

Wird Thom jemals sprechen können?

Wird er jemals normal sein?

Wird unsere Familie jemals wieder so sein wie früher?

Wird er jemals begreifen, dass ich sein Bruder bin?

Vincent fühlte sich von diesem Zimmer so angezogen wie von einem Magneten. Und er war der Blechmann. Gleichzeitig warnte ihn etwas davor, länger hier zu verweilen. Er riss sich los und stieg wieder in den Aufzug. Der Gedanke, dass die Antworten auf diese Fragen hinter jener Tür liegen könnten, machte ihn ganz fertig. Oder hinter irgendeiner Tür. *Ist das möglich?* Ein großer Teil von ihm bezweifelte das, aber ein anderer wusste, dass im The Grand nichts unmöglich war. Zimmer, wo man seine Erinnerungen als Baby zurückbekam … ein Schrottplatz für Träume. Das Hotel steckte voller großartiger Geheimnisse, voller Wunder und Schönheit. *Gibt es eine Großartigkeit, die The Grand nicht bietet?*

»Vincent?«

Vincent fuhr herum. »Florence?«

»Was machst du hier?«, fragte sie und schloss die Tür zum Wiedersehzimmer.

»Oh … i-ich muss das falsche Stockwerk erwischt haben.« Aus irgendwelchen Gründen fühlte Vincent sich schuldig, so als sei er bei etwas Verbotenem ertappt worden.

»Oh je«, sagte Florence und klang ein wenig irritiert.

»Du solltest besser aufpassen, Vincent. Man geht hier leicht verloren, leichter, als du dir vorstellen kannst. The Grand ist nicht wie andere Hotels, verstehst du?«

Nicht wie andere Hotels war die Untertreibung des Jahres, da war sich Vincent sicher, ohne je einen Fuß in ein anderes Hotel gesetzt zu haben.

Florence wirkte beunruhigt. »Alles in Ordnung mit dir?«, fragte Vincent.

»Ja, ja«, entgegnete Florence wenig überzeugend. »Ja, klar. Kann bloß nicht schlafen, das ist alles. Das geht schon eine Weile so. Vielleicht bin ich deshalb so vergesslich. Wie wär's mit einer heißen Schokolade in der Marshmallow Lounge? Das hilft normalerweise.«

Sie saßen in einer gemütlichen Nische, die aussah, als seien zwei riesige Marshmallows hinter einen runden Tisch gestopft worden. Vincent rührte in einem Riesenbecher heißer Schokolade. »Du hast so ein Glück, dass du in diesem Hotel leben kannst. Du kannst Zimmerservice bestellen, ans Frühstücksbuffet gehen …«

»Ich weiß«, erwiderte Florence. »Alle sagen mir, wie glücklich ich bin. Glücklich, glücklich, glücklich.«

»Fühlst du dich denn nicht glücklich?«, fragte Vincent. »Ich meine, The Grand ist das Paradies auf Erden.«

»Stimmt. Aber das macht es umso schlimmer.« Florence fummelte an den Perlen ihres handgenähten Blazers herum.

»Macht was schlimmer? Wie meinst du das?«

Vincent schaufelte zwei Löffel voll Mini-Marshmallows in seinen Becher.

»Ich weiß ja, dass die Arbeit meiner Eltern wichtig ist, aber manchmal wünschte ich, sie würden mich abends mal ins Bett bringen, anstatt die armen Kinder dieser Welt vor dem Verhungern zu retten oder den Bergnebelfrosch vor dem Aussterben«, gestand sie. »Ist das nicht gemein?«

Vincent fand das überhaupt nicht gemein. Er verstand sie vollkommen.

»Ich weiß genau, wie du dich fühlst«, sagte er und streichelte Min, die aufgewacht war und auf dem Tisch mit einem Marshmallow kämpfte. Dann erzählte er Florence von Thom. Dass er nicht sprach und schreckliche Ausraster hatte und nichts aß außer Eier. »Ich liebe Thom, er ist mein kleiner Bruder. Aber manchmal wünschte ich, unsere Familie könnte wieder so sein wie vor seiner Geburt. Das klingt wirklich gemein, wenn ich es laut ausspreche. Ich wette, mein Gemein toppt dein Gemein.«

»Nö. Ich glaube, das ist eher ein Unentschieden.«

Vincent und Florence lächelten einander an.

Es war gut, mit jemandem reden zu können.

»Weißt du, dass du der Erste bist, dem ich das anvertraut habe?«, erklärte Florence. »Ich klinge wie ein schrecklich verzogenes Gör.«

»Und du bist die Erste, mit der ich über Thom geredet habe. Eigentlich rede ich nie über ihn. Mit niemand.«

»Wieso?«

Vincent spürte Tränen in seinen Augen kribbeln. »Weiß auch nicht. Einfach so.«

Florence nickte, als verstünde sie ihn total.

»Das macht mich echt stolz, Vincent.«

Vincent starrte Min an. Er fürchtete loszuheulen, wenn er Florence jetzt ansah.

»Ich kann dazu nur sagen, dass unsere Köche begeistert wären, wenn sie von Thom wüssten.«

»Was?« Vincent kapierte nicht.

»Eier. Sie können sich vor Eiern nicht retten.«

Florence erklärte, dass die Hennen im The Grand so glücklich waren, dass sie zweimal am Tag legten, manchmal sogar dreimal.

»Unsere Köche wissen nicht mehr, wohin mit den Eiern. Deshalb machen sie lebensgroße Baisers in Form von Giraffen und Schwänen. Sie bringen es nicht fertig, sie wegzuwerfen. Nimm so viele mit nach Hause, wie du willst. Bitte!«

Florence gähnte.

Vincent gähnte auch. »Müde?«, fragte er.

»Müde. Sollen wir morgen zusammen frühstücken?« Florence warf einen Blick auf die Wanduhr und korrigierte sich. »Sagen wir besser heute.«

»Gern.« Vincent konnte nicht glauben, dass es schon nach Mitternacht war. Kein Wunder, dass er so erschöpft war. Er konnte es nicht erwarten, in sein gemütliches großes Bett voller Taschenhunde zu kommen. »Perfekt! Solltest du vor mir da sein, dann nimm einen Tisch am Fenster.«

»Warum?«

»Überraschung. Du wirst schon sehen!«

KAPITEL 8

Vincents erster Tag als Schuhputzjunge

Beim Aufwachen fand Vincent einen schlafenden Taschenhund auf seinem Gesicht und zwei weitere wie Ohrschützer daneben. Als er sich bewegen wollte, merkte er, dass sein ganzer Körper von ihnen belagert war wie ein Strandfelsen von Seeschnecken. Den auf dem Gesicht schob er weg – es war Min. Vincent gab ihr einen Kuss und fand für sie einen Platz auf seiner Brust. Dann lag er einfach nur da und genoss es, in einem riesigen Bett unter Taschenhunden begraben zu sein. In Gedanken kehrte er noch einmal zu seinem nächtlichen Abenteuer zurück und gelangte dabei auch zum Spiegel-der-Zukunft-Zimmer. Er hatte gehört, dass Menschen von sich behaupteten, sie könnten die Zukunft vorhersagen. Aber ein Zimmer? Konnte man wirklich herausfinden, was passieren würde, bevor es passierte? Sein Hirn summte wie die Moskitos im Sumpf.

Vincents Magen knurrte. Er war am Verhungern.

Frühstücksbuffet!

Seit Florence die Schokoladenbrunnen erwähnt hatte, war das Frühstücksbuffet eines der Highlights, auf die Vincent sich am meisten freute. Er schälte sich aus der Hundedecke, duschte und zog die Sachen von gestern an. Dann begutachtete er sich in dem protzigen Spiegel. Mit seinem gewöhnlichen Haar war nicht viel anzufangen. Er zog an den Ärmeln und stopfte sich das Hemd in die Hose, um zu sehen, ob das vielleicht schicker aussah. Tat es nicht. Vincent wünschte, er würde ein bisschen weniger wie ein verwahrlostes Kind aus Barry und ein bisschen mehr – na ja – großartig aussehen. Doch da ließ sich nicht viel machen. Das Ganze war einfach so unglaublich. Heute würde er mit seiner Arbeit als Schuhputzjunge im Großartigsten Hotel der Welt beginnen. Wer hätte das gedacht!

Danke, Opa! Danke!

Er wollte gerade frühstücken gehen, da kam Rupert, um die Taschenhunde zu holen.

»Ah, Vincent! Wie aufregend. Dein erster Arbeitstag im The Grand. Jetzt gehörst du zur Familie. Herzlich willkommen!« Rupert warf die Hände in die Luft und umarmte Vincent herzlich. »Und jetzt hilf mir bitte mit den Taschenhunden, ja?«

Vincent und Rupert sammelten die Hündchen in den Korb, damit sie für die heutigen Neuankömmlinge bereit waren. Vincent hielt Min immer noch im Arm. Als alle Hunde im Korb saßen, war es Zeit zum Abschied.

»Sei brav, Min«, sagte Vincent, und seine Stimme klang wie eine lose Gitarrenseite. Er gab ihr einen Kuss und setzte sie zu den anderen.

Rupert sah ihn mit einem Blick an, der zu sagen schien: »Sei doch nicht blöd!«

Rupert zog Min wieder heraus. »Sei doch nicht blöd!«, sagte er. »Jeder, der im The Grand arbeitet, hat seinen eigenen Taschenhund. Und ein Fernglas. Beides gehört zur Uniform. Wir finden, dass ein Hund in der Tasche und ein griffbereites Fernglas den wahren Geist der Großartigkeit am besten zum Ausdruck bringen.«

Nun, moderner Leser, du kannst dir sicher vorstellen, wie Vincent zumute war.

Noch eine Eiskugel!

Er fragte sich, ob auch das Gefühl einer stetig wachsenden Eiswaffel mit dem wahren Geist der Großartigkeit zu tun hatte, von dem Rupert sprach. Vincent schob Min in seine Brusttasche und begab sich, grinsend wie ein lachender Buddha, in den Frühstückssaal.

Am Eingang blieb er stehen, um sich alles genau anzuschauen. Das Frühstücksbuffet des The Grand war eine einzigartige Erfahrung, und er würde sie ausgiebig genießen. Seine Nase sog die herrlichen Düfte von frischem Kaffee, geschmolzener Schokolade, buttrigen Croissants und knusprigem Speck ein. Auf der rechten Seite sah er ein Orchester. Der Dirigent segelte auf den Schwingen der Musik, während vollbeladene Servierwägen mit frischem Gebäck vorbeizogen. An den Tischen des Buffets sah er eine kleine Armee von Köchen, die Müsli rösteten, Omeletts wendeten, Eier brieten und Pfannkuchen in die Luft warfen. Und dann entdeckte er sie. Umgeben von einem Wald aus baumgroßen Obstskulpturen standen sie am anderen Ende des Raumes. Drei herrliche Schokoladenbrunnen, die Fontänen aus heller, dunkler und weißer Schokolade drei Meter in die Luft spien. Vincents Bauch gurgelte wie ein Eimer voll furzender Frösche, und er begann zu sabbern wie ein zahnendes Baby. *Auf GAR KEINEN FALL werde ich Eier essen!*

Wie ein Windhund am Start eines Hunderennens schnappte er sich einen Teller, belud ihn mit Pfannkuchen und sauste geradewegs auf die Schokoladenbrunnen zu. Dort traf er Mr Peach mit seiner Enkelin Lily. Beide glitzerten von Kopf bis Fuß und lachten wie Tüpfelhyänen, während sie versuchten, ihre Pfannkuchenstapel unter die Schokofontäne zu halten. Am Ende sahen sie aus wie Fruchtbären mit Schokoüberzug. Es war unmöglich zu übersehen, dass die traurigen Augen von gestern nun funkelten wie ihre Bademäntel. Vincent tat es ihnen nach und hielt seinen Stapel unter die Fontäne mit der Milchschokolade. Obendrauf häufte er sich noch eine kräftige Portion frische Himbeeren.

Florence' Instruktionen folgend, setzte Vincent sich an einen Tisch bei einem der großen Bogenfenster.

»Morgen!«

Das waren April und ihre Mutter, die am Nebentisch saßen.

»Morgen!«, erwiderte Vincent. Er wollte sich gerade nach ihren Erfahrungen im Weißt-du-noch-Zimmer erkundigen, als eine Giraffe den großen Kopf zum Fenster hereinstreckte und April anstupste.

Die prompt vom Stuhl fiel.

April brach in hysterisches Lachen aus. Mit einem Ausdruck von Bewunderung und reinstem Glück im Gesicht blickte sie in die dunklen Giraffenaugen mit den schönen langen Wimpern. Aprils Mutter reichte ihr eine Karotte. »Halt sie, so hoch du kannst, April.«

Die Giraffe wickelte ihre lange lakritzfarbene Zunge um die Karotte und zog sie zu sich. Lachend sahen alle zu, wie sie die Karotte im Maul herumschob wie einen Kaugummi.

Dann fühlte Vincent warmen Atem im Nacken, gefolgt von einem energischen Stupser. Offenbar hatte sich herumgesprochen, dass es an Tisch zweiunddreißig ebenfalls einen Futtereimer mit Karotten gab, und zwei weitere Giraffen tauchten auf, um sich die orangefarbenen Leckerli zu besorgen. Vincent streckte sich und streichelte den mit Achtecken gemusterten Hals der Giraffe und ihre weichen, labberigen Lippen, die ihn an Hamburgerbrötchen erinnerten. Es war atemberaubend, ein so prächtiges Wesen aus der Nähe zu erleben. *Wer hat sich dich bloß ausgedacht!*, dachte er. Vincent hatte noch nie eine echte Giraffe gesehen, geschweige denn, eine gestreichelt. Ich brauche dir vermutlich nicht zu erzählen, moderner Leser, dass es in Barry keinen Zoo gab. Das exotischste Wesen der Stadt war Mr Bridge, ein Wellensittich, der hinter dem Ladentisch der Eisenwarenhandlung lebte. (Es gab auch mal einen Papagei, aber wie die Geschichte ausging, weißt du ja bereits.)

In null Komma nichts verschlang Vincent seinen Pfannkuchenstapel. Da Florence noch nicht erschienen war, ging er noch einmal zum Buffet und holte sich einen Teller Waffeln. Als er an Max und seiner Mutter vorbeikam, musste er zweimal hinschauen. Mrs Peters las Zeitung und nippte an ihrem Tee. Sie wirkte *total* entspannt, während Max sein Frühstück mit so ausgezeichneten Manieren aß, wie sie heutzutage nur noch die Queen draufhat. Vincent traute seinen Augen kaum! War das derselbe Junge, der vor weniger als vierundzwanzig Stunden am Kronleuchter geschaukelt und sich unsägliche Dinge mit Elefantenkacke ausgedacht hatte? Gestern war er ein Sack voll Flöhe und unflätiger Wörter gewesen, doch heute war er die Ruhe selbst. Er hielt seine Teetasse mit abgespreiztem kleinem Finger und trank, ohne zu schlürfen. Er klapperte nicht mal mit der Gabel an den Zähnen.

An einem anderen Tisch entdeckte Vincent die

D'Silvas. Sie frühstückten mit einem Gast, der noch seinen Schlafanzug anhatte. Vincent sah, dass es Mr Cash war, der vielbeschäftigte Geschäftsmann. Gestern hatten die D'Silvas noch ihre Nasen über die Taschenhunde gerümpft, heute jedoch flitzten gleich fünf von ihnen auf dem Tisch herum und veranstalteten Chaos. Die Jungs fütterten sie mit Toast und Speck und gossen Wasser in einen leeren Butterteller, damit sie trinken konnten. Vincents Blick überflog den Tisch. Weit und breit kein Handy in Sicht!

Und noch etwas hatte sich geändert bei den D'Silvas.

Aha, dachte Vincent. *Es sind die Sprungschanzennasen!*

Gestern waren sie noch eine steile Schussabfahrt, heute Morgen sahen sie aus wie ein Anfängerhang. *Ist das möglich?* Aber schließlich frühstückte er mit Giraffen. Nichts war unmöglich im The Grand.

Während Vincent noch hinübersah, kam Rupert an den Tisch der D'Silvas.

»Ah, guten Morgen allerseits! Wie ich sehe, hat sich die mitternächtliche Lieferung Taschenhunde schon bei Ihnen eingelebt. Bin hocherfreut, dass Sie sich doch noch entschlossen haben.« Die drei D'Silva-Jungs nickten eifrig und scherzten mit ihren flauschigen Freunden in jener hohen Stimme, die man für Babys benutzt. »Na, du herziges Schatzi! Süüüüßestes Hundi von ganze Welt. Gib Papi ein Bussi, Schnucki-Pucki!« Die Taschenhunde leckten den D'Silva-Jungs die Gesichter ab.

»Ach, Rupert, was ich noch sagen wollte«, sagte Mr Cash. »Ich habe mit der Firma gesprochen. Sieht so aus, als könnten sie mich ein Weilchen entbehren. Ist es möglich, meinen Aufenthalt zu verlängern? Vielleicht um einen Monat? Oder besser um zwei.«

»Aber selbstverständlich! Bleiben Sie, so lange Sie mögen. Wir haben immer eine R-r-reserve an Zimmern im The Grand.«

»Einen Monat ohne Arbeit. Klingt wie ein Grund zum Feiern. Vielleicht sollten wir uns anschließen!«, sagte Mr D'Silva begeistert. Er stand auf und warf die Arme in die Luft. »Champagner für alle! Ich schmeiß 'ne Runde.«

Der Frühstückssaal brach in Jubel aus.

Mr D'Silva setzte sich wieder hin. »Schreib's mir einfach auf die Rechnung, Rups. Aber schenk was Ordentliches aus.«

»Selbstverständlich, Mr D'Silva.«

»Um wie viel Uhr, sagten Sie, beginnt der Faultier-Kurs?«, erkundigte sich Mr Cash.

»›Finde dein inneres Faultier‹ fängt immer so etwa um drei Uhr an, aber es kann auch später werden. Wie Sie sich denken können, haben es Faultiere nicht so mit der Pünktlichkeit«, sagte Rupert.

Alle lachten – Mr und Mrs D'Silva, ihre drei Söhne und Mr Cash.

»Dann ist ja alles paletti! Ich sehe, es geht Ihnen gr-r-roßartig.« Rupert rieb sich freudig die Hände. »Sie finden mich an der Rezeption, falls Sie noch etwas brauchen. Schönen Tag allerseits.«

Rupert sah nichts lieber als glückliche Gäste. Er tänzelte davon, dabei hüpfte und steppte er alle paar Schritte, als sei ein tief in ihm verborgener Tanz wachgeschüttelt worden.

»Morgen, Vincent. Entschuldige die Verspätung.« Florence setzte sich mit einer Tasse Tee und einem Teller mit zwei Scheiben Tomatentoast an seinen Tisch. »Das Wasserparadies hatte ein Leck. Der Klempner hat es gerade erst gefunden.«

Vincent, den Mund voll Waffel, gab einen Laut von sich, der wie »Moagn« klang, wobei ein Stück zerkaute Heidelbeere auf seinen Teller fiel.

Florence lachte. »Du hast dich erinnert.«

»An wasch erinnert?« (Mein Co-Autor weist darauf hin, dass ich besser nicht beschreibe, wie ein Mund voll zerkauter Heidelbeerwaffel aussieht, und ich muss ihm recht geben.)

»An den Fensterplatz. Ein Frühstück im The Grand ist nicht vollständig, wenn einen keine Giraffe besabbert.«

Vincent strahlte. Er stieß einen lauten, grummelnden Rülpser aus. »URPS!«

Florence schnüffelte. »Heidelbeeren und Hollersirup! Meine Lieblingsmischung. Scheint, als fändest du dich gut zurecht im The Grand.«

Florence hatte kaum einen Bissen von ihrem Tomatentoast gegessen, als sie erklärte, dass sie losmüsse. Sie nahm einen Schluck Tee. »Komm mit, ich zeig dir deinen Arbeitsplatz.«

Als sie in die Lobby kamen, nahm Florence Vincent am Arm. »Mach die Augen zu.«

Vincent konnte die Erregung in ihrer Stimme hören. Auch er spürte sie, vermischt mit einer guten Dosis Lampenfieber.

»Okay, jetzt kannst du gucken.«

Vincent öffnete die Augen.

Und war überwältigt. Er hatte eine kleine Nische erwartet, in der er sich mit seiner Kiste und dem Schemel niederlassen konnte. Stattdessen sah er einen luxuriösen roten Schuhputzsessel. Eine Spezialanfertigung, die auf einem Podest montiert war, sodass die Halterung für den Schuh genau die richtige Höhe zum Polieren hatte. Vincent fand, dieser Thron sei eines Königs würdig.

Florence rannte zur Wand und knipste einen Schalter an. Über dem Sessel erstrahlte ein großes Neonschild. SCHUHPUTZER stand darauf, und vom E baumelte ein Paar glänzender Neonstiefel.

Sie kletterte auf die Plattform und ließ sich im Sessel nieder. »Na, wie gefällt's dir?«

Vincent stellte die Kiste und den Schemel seines Großvaters ab. »Wow! Es ist … einfach großartig!«

Vincent bewunderte den Sessel. Er war so schön und so raffiniert entworfen, dass er sich schon Sorgen machte, ob seine Fertigkeiten als Schuhputzer ihm auch gerecht wurden.

»Oh, beinahe hätte ich's vergessen«, sagte Florence und rannte davon. Sie kam mit einem großen Kleidersack überm Arm zurück.

»Was ist das?«, fragte er.

»Schau rein.«

Vincent zog den Reißverschluss auf und nahm einen leuchtend blauen Anzug heraus.

»Du meine Güte«, flüsterte er, »ein Anzug.«

»Deine Uniform. Sieh dir die Taschen an.«

Über der rechten Brusttasche war in leuchtend roter Kursivschrift Vincents Name gestickt. In der linken steckte ein spezieller Das-Großartigste-Hotel-der-Welt-Notizblock samt Bleistift.

»Für Bestellungen. Und für all die großartigen Schuhentwürfe, von denen du mir erzählt hast.«

Vincent war sprachlos.

»Und jetzt schau hinten.«

Vincent drehte die Jacke um. Auf dem Rücken prangte in Gelb und Weiß eine Stickerei des Hotels, umgeben von schneebekrönten Bergen. Darunter stand der Slogan des The Grand: »Jeder verdient ein bisschen Großartigkeit«.

»Probier ihn an!«, drängte Florence.

Vincent hatte hinter seinem Sessel sogar eine eigene Toilette. Dort zog er seine Sachen aus und schlüpfte in den Anzug. Er passte perfekt. Vincent hatte noch nie einen Anzug getragen und erkannte sich kaum wieder. Er strich über die Ärmel, die bis zu den Handgelenken reichten. Der Stoff war wunderbar weich und glänzend.

»Komm raus!«, rief Florence von draußen. Und Vincent kam. »Wow! Du siehst großartig aus!«

Auch er spürte das. Bevor er die Uniform angezogen hatte, war er der gewöhnliche elfjährige Vincent aus Barry gewesen. Doch nun fühlte er sich völlig verändert. Irgendwie wichtig. Plötzlich war er der Schuhputzjunge des Großartigsten Hotels der Welt!

Und natürlich wollte Vincent seinen Job zur Zufriedenheit aller machen. So aufrecht wie möglich stellte er sich neben den roten Ledersessel. Eine aufrechte Haltung fiel einem leichter, wenn man einen Anzug trug.

»Und jetzt warte ich auf Kundschaft.«

»Wie wär's, wenn du an mir übst? Meine Stiefel können ein bisschen Glanz immer gebrauchen«, schlug Florence vor und ließ sich in den Sessel zurücksinken. Sie hatte eine Million andere Dinge zu tun, aber im Moment genoss sie einfach nur, hier zu sein. Sie hatte ganz vergessen gehabt, wie es war, einen gleichaltrigen Freund zu haben.

Vincent wühlte in der Kiste seines Großvaters und fand eine Tube türkisfarbene Schuhwichse – *genau* derselbe Ton wie Florence' Stiefel. Die Zauberkraft von Opas Schuhputzkiste schien unergründlich.

»Die sind fantastisch!«, sagte Vincent und drehte Florence' Stiefel in der Hand.

»Ich weiß. Ich wüsste nicht, wie ich ohne sie hier zurechtkäme. Bach und Blinklichter, diese Mischung macht alles möglich.«

Vincent entfernte die kleinen Glühbirnchen und checkte, ob alle funktionierten. Er prüfte den Stromkreis und verkabelte einen der Lautsprecher im Absatz. Dann polierte und bürstete er die Stiefel, bis sie strahlten wie neu.

Als Vincent letzte Hand an die Stiefel legte, erschien ein anderer Gast mit Turnschuhen, die dringend ein bisschen Zuwendung brauchten, und von da an riss der Strom der Kunden nicht ab, sodass Vincent kaum aufblicken konnte. Er polierte die Schuhe der Gäste, bis sie glänzten. Er reparierte ihre liebsten High Heels und brachte Pep und Elastizität in jeden hochklassigen Turnschuh. In Opas Kiste fand er sogar ein Spray gegen üble Gerüche, und nach der Behandlung rochen die Schuhe so gut, dass man Suppe aus ihnen trinken konnte.

KAPITEL 9

Nicht die besten Gläser

Als Vincent nach Hause kam, konnte er es kaum erwarten, seiner Familie alles übers The Grand und seinen ersten Tag als Schuhputzjunge zu erzählen.

Rose saß vor dem Haus auf dem Randstein, sie hatte Watte zwischen den Zehen und ein Fläschchen knallroten Nagellack dabei.

»Hi, Rose, ich meine Marilyn.«

Sie stöhnte ein ausgiebiges Theaterstöhnen und rollte die Augäpfel so weit zurück, bis nur noch das Weiße zu sehen war. Für Rose war die ganze Welt eine Bühne, selbst der Randstein.

»Was gibt's?«

»Klassische Musik hängt mir zum Hals raus, das gibt's. So geht das den ganzen Tag. Es ist einfach nicht fair. Nie kann ich meine eigene Musik hören. NIEMALS.«

»Hat Thom einen schlechten Tag gehabt?«

Rose rümpfte die Nase. »Hat er jemals einen guten? Mum wollte ihn dazu bringen, Spaghetti zu essen. Ich weiß nicht, warum sie nicht endlich aufgibt. Er wird nie was anderes essen als Eier.«

»Und was hat er gemacht?«

»Na, das Übliche halt«, sagte Rose, pinselte an ihren Zehennägeln herum und versuchte, gleichgültig zu klingen. »Er hat den Teller mit Spaghetti gegen die Wand geknallt, und dann ist er auf den Küchenschrank geklettert und hat Mums beste Gläser auf den Boden geschmissen.«

»Nicht die guten, die sie von Tante Ada zur Hochzeit gekriegt hat?«

»Genau die. Und dann hat sie MICH angebrüllt, dass ich rausgehen soll, damit ich nicht in Glasscherben trete. Wenn du jetzt reingehst, brüllt sie wahrscheinlich dich an. Also bleib besser hier. Dann kriegst du keinen Ärger.« Rose stellte sich auf die Hacken, Zehen in der Luft, damit der Nagellack keinen Schaden nahm. »Aber über *Thom* will ich gar nicht reden. Hast du irgendwelche wichtigen Filmproduzenten getroffen? Hast du ihnen meine Karte gegeben?«

»Nein, aber ich habe einen Adlerjäger aus der Mongolei getroffen. Sein Adler war sooo groß!« Vincent zeigte mit den Händen, wie groß. »Er hielt ihn in den Armen wie ein schlafendes Baby, während ich das Yak-Fell in seinen Stiefeln repariert habe.«

Rose schien unbeeindruckt. »Und wie steht's mit Filmstars? Irgendwelche Sichtungen?«

»Nein, aber ich habe einem Wissenschaftler, der in die Antarktis fährt, Steigeisen montiert und …«

Rose' Aufmerksamkeit verpuffte bereits bei dem Wörtchen »nein«. Antarktisforscher interessierten sie in etwa so sehr wie die Jahresabschlussfeiern, bei denen immer denselben Strebern die Preise verliehen wurden. STINKLANGWEILIG!

»Vincent!« Er drehte sich um und sah seinen Dad die Straße entlangkommen. »Wie ist es gelaufen?«

»Dad!« Vincent rannte seinem Vater entgegen und umarmte ihn. »Es ist einfach unglaublich. Eine Mischung aus afrikanischem Wildpark und Disneyland und Shangri-la!« Nicht, dass Vincent je in einem afrikanischen Wildpark oder in Disneyland oder Shangri-la gewesen wäre.

»Toll!« Rose blickte finster drein. »Und ich hocke hier zu Hause und höre mir zum zehntausendsten Mal diesen blöden Schostakowitsch an, während du dich im afrikanischen Disneyland rumtreibst.« Sie zog sich die Kapuze über den Kopf. »Das wird die längste, blödeste SOMMERPLEITE, die es je gab.«

KLATSCH!

»THOM!«

Die drei wandten sich dem Haus zu.

»Klingt, als würde eure Mutter mich brauchen.«

Vincents Vater sah abgespannt aus, als er die Treppe hinaufstieg und ins Haus trat.

Vincent folgte ihm.

Rose begann zu zählen. »Eins, zwei, drei, vier, fünf …«

»BLEIB DRAUSSEN, VINCENT! DU TRÄGST DIE GLASSCHERBEN BLOSS IM GANZEN HAUS HERUM. RAUS MIT DIR!«

Vincent ging zurück nach draußen.

»Was hab ich gesagt?«

Er setzte sich auf die Stufen und fragte sich, wie viele Stunden es noch dauerte, bis er wieder ins Großartigste Hotel der Welt durfte. Das Spiegel-der-Zukunft-Zimmer leuchtete vor seinem geistigen Auge wie sein eigenes Neonschild. Er wollte wissen, ob dieses Zimmer seine Frage wirklich beantworten konnte. Er fragte sich, ob seine Familie für immer so bleiben würde, wie sie jetzt war. Wenn das Zimmer ihm das sagen konnte, würde er bei nächster Gelegenheit hineinspazieren.

KAPITEL 10

Eine großartige Familie

Morgens konnte Vincent es kaum erwarten, zurück ins Hotel zu kommen. Er flog aus dem Bett, war innerhalb von Sekunden angezogen, frühstückte im Stehen und kämmte sich im Bus. Jeder Mitarbeiter des The Grand wurde wie ein Familienmitglied behandelt. Und was für eine wunderbare Familie sie waren! Es gab siebenundzwanzig Rückenkratzer, neununddreißig professionelle Fliegenklatscher, dreiundneunzig Kackesammler, vierzig Köche, zwanzig Bäcker, zehn Schokolatiers, siebenundneunzig Fensterputzer, dreizehn Zoologen, zwei Spinnwebenjäger und -umsetzer (sie zerstörten die Netze nicht, sondern brachten sie an einen anderen Ort), neun Mechaniker, achtundzwanzig Fußmasseure, zwölf Gassigeher, einen Reptilienforscher, der für die Schildkröten und die Eidechsen im Eidechsenparadies zuständig war, siebenundzwanzig Gärtner, fünfzig gute Geister, die abends die Bettdecken zurückschlugen und Schokolade auf das Kopfkissen legten, achtundfünfzig Komiker, drei Lepidopterologen, die sich um die Schmetterlinge kümmerten, einen Faultierpfleger – ehrlich gesagt können Faultiere bestens auf sich selber aufpassen –, sieben professionelle Karten- und Backgammon-Spieler, neunzehn Babyflüsterer, vierzehn Wildnisexperten, zweiunddreißig Paar Leihgroßeltern, hundertundeinen Bänkelsänger, fünfzig Baristas, vier volle Orchester und neun professionelle Umarmer. Und dann waren da natürlich Florence und Rupert und Zelda und Dr. Maabootee. Und nun auch Vincent.

Wie Florence ihm erklärt hatte, wurde *jeder*, der im The Grand arbeitete, wegen seiner speziellen Fähigkeiten geschätzt. Aber am populärsten waren die Lobbyreiniger – Luz und Tracee. Sie hatten nämlich herausgefunden, dass das Putzen am besten ging, wenn sie mit Lappen an den Füßen und in Hochgeschwindigkeit durch die Lobby skateten. Oder tanzten. Erstens war es weniger langweilig, und zweitens wurden sie viel schneller fertig. Sie waren immer auf dem neuesten Stand, was angesagte Tänze betraf. Abends gaben sie Tanzstunden im Transatlantischen Ballsaal, wo sie den Gästen beibrachten, wie man »knirschte« oder wie man den »Einwinker« und den »Knochenschüttler« tanzte. Der beliebteste Tanz im The Grand war jedoch der »Freu dich des Lebens«. Er hatte das Hotel im Sturm erobert. Überall sah man Gäste und Personal, die ihn tanzten. Auch Vincent war angesteckt.

Zwischen Kunden übte er und legte eine ziemlich heiße Sohle hin.

Luz und Tracee waren ein solcher Hit, dass das Hotel eine Serie von Postkarten mit Tanzschrittfolgen gedruckt hatte. Sie verkauften sich wie geschnitten Brot, denn jeder Hotelgast wollte eine Scheibe vom Leben im The Grand mit nach Hause nehmen. Und wenn ein Gast abreiste, wurde er von Luz und Tracee tanzend verabschiedet. Die Lobby-Band spielte, und so wurde aus jeder Abreise eine wilde Party – auf diese Weise ersparte man sich die Abschiedstränen.

»Ich weiß nicht, wie du das machst, aber meine Schuhe und die der Jungs haben noch nie so gut ausgesehen«, sagte Mr D'Silva und sprang aus dem Sessel. »Hier sind zwanzig extra für den guten Service.«

»Danke, Mr D'Silva.« Vincent legte das Trinkgeld in seine Schuhputzkiste.

»Turnschuhe sind derzeit nicht in Gold aufzuwiegen. Meine Jungs hängen mehr an ihnen als an ihren Handys. Und mit Sicherheit haben sie mehr davon! Du könntest ein Vermögen machen, wenn du diese Schuhwichse verkaufst.«

»Sie meinen das ›Kickfest-Sneakerschutzgel‹? Darüber habe ich nie nachgedacht, Mr D'Silva.«

»Solltest du aber. Wir fahren heute ab. Hier ist meine Karte. Solltest du jemals eine Anschubfinanzierung brauchen, dann ruf mich an.«

Mr D'Silva ging zum Auschecken an die Rezeption. Die Familie war vom *Chambre de Pommes Frites* in das Schmetterlingszimmer umgezogen, dann ins Stimmwunderzimmer und den Stephen-Hawking-Raum, bevor sie ihren Aufenthalt im Afrikanischen Himmel beschlossen. Offenbar hatten sich die D'Silvas mit den Mistkäfern gut vertragen. Mrs D'Silva hatte sogar nachgefragt, ob man einen zur Erinnerung als Brosche fassen könnte.

Vincent bemerkte, dass die Gäste, die mit ihm den Schnuppertag gemacht hatten, einer nach dem anderen abreisten, mit Ausnahme von Mr Cash, der inzwischen zu den Faultieren auf Fin's Island umgesiedelt war. Die drei D'Silva-Jungs standen mit ihren Ferngläsern an der Brüstung der Terrasse und beobachteten in aller Ruhe Vögel, während Taschenhunde zu ihren Füßen herumpurzelten. Max saß friedlich in dem Sessel, den er als Aufstieg zum Kronleuchter benutzt hatte, und las in einem dicken Gedichtband, während seine Mutter und Mrs D'Silva Telefonnummern tauschten. April, umgeben von dösenden Hunden, saß auf dem Boden und bürstete den Schweif ihres Ponys. Vincent hatte ihr ein Paar Einlagen gemacht, die gegen ihren Schaukelgang helfen sollten und die er ihr jetzt brachte.

»Hi, April«, sagte er. »Die wollte ich dir geben, bevor du gehst. Vielleicht kannst du damit ein bisschen besser gehen.«

»Das ist aber lieb von dir, Vincent«, sagte Aprils Mutter. Sie zog April die Schuhe aus und legte die Gel-Einlagen hinein.

April stand auf. Ihre Mutter stand mit ausgebreiteten Armen bereit, um sie aufzufangen. April machte einen Schritt vorwärts, dann noch einen. Ein großes Lächeln erhellte ihr Gesicht. »Wow!«, erklärte sie. »Der Boden schwankt nicht mehr.« Sie marschierte durch die Lobby. »Schau, Mumma! Ich gehe. Ganz allein!«

Vincent sah zu, wie sie den Springbrunnen umrundete und zurückkam. Er spürte dasselbe Kribbeln wie nach seinem ersten zufriedenen Kunden am Bahnhof von Barry.

Zurück auf seinem Posten, zog Vincent den Notizblock heraus und entwarf ein Paar Schuhe, mit denen April auch rennen konnte. *Jeder mag rumrennen!*

Er war in seine Zeichnung vertieft, als Chelsea kam, um sich zu verabschieden.

»Hi, Chelsea. Alles gepackt und reisefertig?« Vincent tätschelte Jess, den zotteligen schwarz-weißen Welpen, der seine erste Wahl gewesen war.

»Ja, ähm, und ich wollte mich entschuldigen, dass ich dir Jess weggeschnappt habe«, sagte Chelsea sichtlich verlegen.

»Schon in Ordnung.« Vincent blickte auf Min hinab, die den Kopf aus seiner Brusttasche streckte. »Ich habe ja Min. Wie könnte ich dir da böse sein?«

»Danke, dass du das sagst, aber es gehört sich trotzdem nicht.« Chelsea streckte die Hand aus und streichelte Min. »Manchmal überkommt es mich einfach, und dann werde ich so …«

»Wütend?«

»Ja. Wütend. Und dann will ich unbedingt haben, was die anderen haben. Ich kann es nicht genau erklären.« Chelsea sah hinauf zur mitternachtsblauen Decke. »Klingt unlogisch, aber ich glaube, es kommt daher, dass ich meine Mum vermisse.«

Vincent wusste nicht, was mit Chelseas Mum passiert war, aber er verstand das Gefühl. Manchmal war er wütend darüber, dass seine Mum so viel Zeit mit Thom verbrachte.

»Könntest du ein Foto von mir und Dad machen?«, fragte sie.

»Klar.« Chelsea rannte durch die Lobby, um ihren Vater zu holen, der gerade Luz-und-Tracee-Postkarten kaufte. Sie drängten sich für das Foto dicht zusammen und legten sich die Arme um die Schultern. Die schwermütigen Augen von Chelseas Vater strahlten vor Glück.

Die Lobby-Band intonierte das »Freu dich des Lebens«-Lied. »Los, Dad, tanz mit mir«, sagte Chelsea.

Vincent stellte sich in eine Reihe mit Rupert und Florence, auch sie waren zum Abschiedstanz bereit. Er sah zu, wie April mit den Hüften wackelte und lachend die ersten Tanzschritte wagte, und fühlte sich stolz wie ein

Pfau. Während sie den Po rausstreckten und die Schultern schüttelten, bemerkte Vincent, wie Rupert sich eine Träne aus dem Augenwinkel wischte.

»Alles gut, Rupert?«

»Kümmere dich nicht um mich. Bei Abschieden heule ich immer.«

Vincent begriff, dass die Tanzabschiede von Luz und Tracee den Angestellten und Gästen gleichermaßen guttaten.

Florence und Vincent standen auf der Terrasse, während die letzten Gäste auf ihren Lamas davontrotteten, um den Heißluftballon zu erreichen.

»Ich weiß ja nicht, wie's dir geht, aber ich könnte ein Tomatensandwich morden. Wie wär's mit Mittagessen?«, sagte Florence.

Die gemeinsamen Mahlzeiten waren ihnen zur Gewohnheit geworden. Normalerweise gefolgt von ein, zwei Runden auf der Schaukelpferdrennbahn. Schaukelpferdrennen waren zwar ein bisschen kindisch, machten aber Riesenspaß.

»Wir könnten im Elefantenhaus essen, wenn du magst. Dann könnten wir gleich nach Winnie schauen?«, schlug Florence vor.

»Das Tomatensandwich lasse ich lieber am Leben, aber gegen eins mit Erdnussbutter hätte ich nichts einzuwenden. Muss nur noch eben ein Paar Sandalen fertig machen. In zehn Minuten?«

Als Vincent ins Elefantenhaus kam, lehnte Florence am Zaun und sah Dr. Maabottee zu, wie er mit einer Machete Winnies Zehennägel schnitt.

»Täusch ich mich, oder ist sie noch dicker geworden?«, fragte Florence.

»Du meinst, seit gestern, als du das letzte Mal gefragt hast? Nein, ich glaube nicht, Florry«, sagte Dr. Maabottee, während er vorsichtig ein weiteres Stück Zehennagel wegsäbelte.

»Ich könnte *schwören*, dass sie dicker ist!«

Dr. Maabottee streichelte sanft Winnies gewaltigen Bauch. »Vielleicht wirkt es so, weil sie sich hingelegt hat. Ich fürchte, sie hat noch eine Weile, Florry. Winnie kann es bestimmt genauso wenig erwarten, ihr Baby zur Welt zu bringen, wie du.«

Vincent und Florence kletterten auf das Gitter und packten ihre Sandwiches aus. Beim Essen starrte der sonst so gesprächige Vincent nachdenklich in die Ferne.

»Du bist so still«, sagte Florence.

Vincent reagierte nicht.

Sie wedelte mit der Hand vor seinem Gesicht herum. »Hallo! Ist jemand zu Hause?«

»Ach, Entschuldigung«, sagte er blinzelnd. »Hast du was gesagt?«

»Ich sagte, du bist so still.«

»Bin ich das?«

»Ja. Lass mich raten: Ideen für neue Schuhe?«

»Nein. Ich denke über die Gäste nach, die eben abgereist sind.« In seinen Worten leuchtete Erstaunen auf.

»Was ist mit denen?«

»Na ja, ich meine, hast du die D'Silva-Jungs gesehen? Ihre Eltern mussten sie von der Terrasse wegzerren. Sie wollten nicht aufhören, Vögel zu beobachten.«

»Ich weiß«, erwiderte Florence kichernd. »Sie haben sogar ihre Handys vergessen.«

»Kommt das öfter vor?«, wollte Vincent wissen.

»Du meinst Leute, die ihre Handys vergessen? Ziemlich oft sogar.«

»Nein. Nicht die Handys. Ich meine, sie kamen mir alle so anders vor, nicht wie die Menschen, die hier angekommen sind.«

»Ach das. Nun, das ist Ziel und Zweck des The Grand, Vincent.«

»Wie meinst du das?«

»Nun, ein bisschen Großartigkeit verändert alles! Ein positiver Transformationsprozess, wie Rupert es nennt.«

Vincent fand das Gerede von »ein bisschen Großartigkeit« ziemlich verwirrend. Andererseits hatte er mit eigenen Augen verfolgen können, dass es funktionierte.

»Klappt das immer?«, fragte er.

Florence nickte und zuckte mit den Schultern. »Fast immer. Einige Zimmer in diesem Hotel besitzen große

Macht. Deshalb müssen wir sehr vorsichtig sein. Es braucht jahrelange Erfahrung, um zu wissen, wer das verträgt und wer nicht. Steckt man jemanden ins falsche Zimmer, kann die Sache schiefgehen. Meine Großmutter hat immer gesagt, manche Veränderungen im Leben überlässt man besser den Göttern. Und manches können wir auch gar nicht ändern. Es geht nur darum, jedem sein bisschen Großartigkeit zu geben. Ich weiß, es sieht nicht immer danach aus, aber wir nehmen unsere Arbeit hier sehr ernst. Das Leben kann manchmal ganz schön grausam sein.«

Florence biss in ihr Tomatensandwich, während Vincent an ihren Gedanken kaute.

»Ist das der Grund, warum die Leute herkommen?«

»Hmm. Schwer zu sagen«, erwiderte Florence. »Die meisten wählen nicht The Grand, The Grand wählt sie.«

Vincent lehnte sich zurück und verschränkte resigniert die Arme. »Wie?« Gerade als er dachte, »das bisschen Großartigkeit« ansatzweise zu verstehen, verflüchtigte es sich wie die weiße Taube unter dem Tuch des Zauberers. »Wie soll denn das gehen?«

»Um dir das zu erklären, brauche ich mehr Zeit als für ein Tomatensandwich. Und die habe ich heute leider nicht. Nur so viel: Es hat nichts mit reich oder arm zu tun, sondern mit Bedürftigkeit. Aber jetzt muss ich sausen.« Florence sprang vom Gitter. »Fin befürchtet, dass Baby Barbara ein Verdauungsproblem hat. Ein Faultier mit reinem Atem ist immer ein schlechtes Zeichen. Ich habe einen Säugetierexperten einfliegen lassen. Tschüss, Dr. Maaboottee, tschüss, Winnie. Bis später, Vincent.«

Das war ganz schön viel für einen Tag. Als Vincent Feierabend machte, waren seine Gedanken immer noch bei den Gästen, denen, die angekommen, und denen, die abgereist waren. Sie waren wie ausgewechselt. Er dachte über ein Hotel nach, das seine Gäste aussucht und nicht umgekehrt. Eigentlich hatte er Florence auch über das Spiegel-der-Zukunft-Zimmer ausfragen wollen, aber etwas hinderte ihn daran. Was genau, konnte er nicht sagen. Kein Wunder, dass über diesen Ort so viele Geschichten kursierten!

»Oh, sag bloß nicht, dass ich zu spät dran bin!«, sagte eine Stimme, die wie eine Katze in der Regenrinne klang.

Als Vincent aufblickte, sah er eine ältere Dame aus dem Aufzug treten, die einen Helm und einen Overall mit Flügeln trug. In der Hand hielt sie ein Paar kleine orangefarbene Steppschuhe. »Könntest du vielleicht die Steppschuhe meiner Enkelin kurz aufpolieren, mein Lieber? Andere zieht sie nicht an, und sie braucht sie zum Abendessen.«

»Aber natürlich«, sagte Vincent.

»Ach, du bist ein Schatz!« Die alte Dame blinzelte

ihm zu und reichte ihm die Schuhe. »Sie ist im Synchronizitätszimmer, sechzehnter Stock. Kannst du sie bitte vor die Tür stellen, wenn sie fertig sind? Ich muss jetzt auf die Plattform.« Vincent tat sein Bestes, um sein Erstaunen zu verbergen. Er wollte ihr nicht zu nahe treten, aber sie sah uralt aus. Auf jeden Fall zu alt, um sich von einem Berghang zu stürzen.

Vincent widmete sich den Steppschuhen. Als Erstes kontrollierte er die Schrauben, die die Metallplatten hielten. Dann mischte er verschiedene Schuhwichsen, bis er genau das richtige Orange hatte, und zum Schluss bürstete und polierte er sie, dass sie strahlten wie die Sonne.

»Vincent!«, begrüßte ihn Zelda, als er den Aufzug betrat. »Wie war deine erste Woche im The Grand?«

»Wahnsinn!«, sagte Vincent. »Kaum zu fassen.«

»Das kann ich mir vorstellen. Wo willst du hin?«

»In den sechzehnten Stock. Ich muss einer alten Dame diese Schuhe bringen.«

Zelda hörte auf zu spielen. Ihre großen Kreolen schienen aus eigenem Antrieb hin- und herzuschwingen. »Welche alte Dame?«

»Du musst sie doch gesehen haben. Sie trug einen Overall mit Flügeln und einen Helm. Vor zehn Minuten ist sie aus dem Aufzug gestiegen.«

»Sagtest du sechzehnter Stock?«

Vincent nickte.

Zelda schien verwirrt. »Ich glaube nicht, dass wir momentan Gäste im sechzehnten Stock haben.«

»Aber das hat sie gesagt. Das Syn-chroni-zitäts-zimmer oder so ähnlich. Jedenfalls was Chronisches.«

Zelda schürzte besorgt die Lippen. »Wenn du es sagst.«

Vincent drückte den Knopf für den sechzehnten Stock, und Zelda spielte weiter.

Ohne die kleinste Erschütterung glitt der Aufzug weiter und weiter hinauf. Dann hielt er an. *DING!*

»Lass die Schuhe vor der Tür stehen, hörst du, Vincent?«, sagte Zelda, als sich die Aufzugtüren öffneten. »Du darfst nie einfach so ein Zimmer betreten. Damit handelst du dir bloß Ärger ein.«

»Keine Sorge.«

»Denk dran, wir können Dinge rückgängig machen, aber etwas ungesehen machen, das können wir nicht.« In ihren Worten schwang tiefe Beunruhigung.

Vincent nickte noch einmal, und Zeldas Finger kehrten zu den Tasten zurück, wo sie herumtollten wie Kinder auf dem Spielplatz.

KAPITEL 11

Der sechzehnte Stock

Vincent blieb einen Augenblick stehen und starrte auf die Aufzugtür. Zelda war plötzlich so ernst gewesen, gar nicht so warm und herzlich wie sonst. Vincent begann zu ahnen, dass The Grand viel mehr war, als er zunächst gedacht hatte. Nicht einfach ein wahnsinnig luxuriöses Hotel. Hier passierten Dinge, die er nicht verstand. Er erinnerte sich an das, was Florence in der Mittagspause gesagt hatte, über die Zimmer und ihre Macht der Transformation. Er dachte an die D'Silva-Jungs, an Max und Chelsea. Und je länger er über alles nachdachte, desto verwirrter wurde er.

Vincent ging den Korridor entlang und fand auch gleich das Syn-chroni-zitätszimmer.

Er stand vor der Tür.

In seinem Hirn flitzten Fragezeichen herum wie Pfeile auf einem Schlachtfeld.

Warum sind sie im Synchronizitätszimmer? Was gibt es da drin? Was bedeutet überhaupt *Synchronizität? Könnte es sein, dass man darin von einer Krankheit geheilt wird?*

Vincent berührte den Buchstaben »S« mit dem Finger.

Es drängte ihn, zu klopfen und die Schuhe persönlich abzugeben. Auf diese Weise könnte er einen Blick auf das Zimmer und die Gäste erhaschen.

Er hatte die Hand schon zur Faust geballt, als er innehielt.

Er erinnerte sich an Zeldas Gesicht und was sie über den Ärger gesagt hatte, den man sich einhandeln konnte.

Vincent stellte die Steppschuhe vor der Tür ab, drehte sich um und ging durch den Korridor zurück zum Aufzug.

Aber als er dort ankam, blieb er nicht stehen. Er ging weiter. *Was wohl auf dieser Seite des Ganges für Zimmer sind?*

Vincent kam am Unendlichkeitszimmer vorbei, am Alchemiezimmer, am Wetten-dass-Zimmer … am Wiedersehzimmer. Nichts klickte angesichts der Tatsache, dass er diese Zimmer schon mal gesehen hatte, bis er davorstand: das Spiegel-der-Zukunft-Zimmer. Vincent verfluchte sich. Wieso war er ausgerechnet hier gelandet, nachdem Zelda ihn doch ausdrücklich gewarnt hatte? Aber das ist der Nachteil, wenn man wie ein Familienmitglied behandelt wird. Wer sich zu Hause fühlt, dem mangelt es oft an guten Manieren.

Vincent überblickte den Korridor in beide Richtungen. Keiner da. Er schloss die Augen und hoffte, die schwierige Entscheidung würde dann verschwinden. Aber als er sie wieder öffnete, war sie immer noch da.

Vincent sagte sich, dass er jetzt umkehren und zum Aufzug gehen musste.

Werde ich allen Ernstes meine erste Woche im Großartigsten Hotel der Welt vermasseln, das Tollste, was mir jemals passiert ist?

Es stimmte. Er war schon lange nicht mehr so glücklich gewesen.

Er nahm alle Kraft zusammen und machte einen Schritt von der Tür weg. *Gut! Und jetzt noch einen!*

Und noch einen.

Langsam, Schritt für Schritt, bewegte er sich zurück zum Aufzug und schlug mit der Hand auf den Abwärts-Knopf, bevor er es sich anders überlegen konnte.

Der Ring darum leuchtete auf.

Er war in Sicherheit.

Zelda würde jeden Moment hier sein.

Vincent stand mit klopfendem Herzen da, während die allwissenden Klänge von Beethovens Neunter Sinfonie durch den Aufzugschacht heraufstiegen.

KAPITEL 12

Das Spiegel-der-Zukunft-Zimmer

Nur einen Tag später war Vincent zum dritten Mal in diesem sonderbaren sechzehnten Stockwerk.

Fairerweise muss gesagt sein, dass das, was nun passierte, nicht allein Vincents Schuld war.

Vincent wollte gerade Feierabend machen – genau wie beim letzten Mal –, als die alte Dame mit dem Helm und dem Flügelanzug – genau wie beim letzten Mal – Vincent fragte, ob er die Steppschuhe ihrer Enkelin putzen könne – genau wie beim letzten Mal. Und ob Vincent sie wohl zu ihrem Zimmer – ihr ahnt es schon – im sechzehnten Stock bringen könne.

Genau.

Wie.

Beim.

Letzten.

Mal.

Nur diesmal war es ein anderes Zimmer. Statt im Synchronizitätszimmer wohnten sie jetzt im Zimmer der schönen Zufälle.

Während er neben Zeldas Flügel stand, schärfte Vincent sich ein, direkt zu dem Zimmer zu gehen, die Schuhe davor abzustellen und den sechzehnten Stock so schnell wie möglich wieder zu verlassen. Doch als er das Zimmer der schönen Zufälle gefunden hatte, klopfte sein Herz so wild, dass der Brustkorb klapperte. Vermutlich ahnt der moderne Leser bereits, warum. Das Zimmer der schönen Zufälle lag direkt neben welchem Zimmer?

Genau.

Das Zimmer der schönen Zufälle lag direkt neben dem Spiegel-der-Zukunft-Zimmer.

Vincent stellte die Schuhe vor die Tür.

Doch als er sich so nahe am Spiegel-der-Zukunft-Zimmer befand, breitete Vincents Wunsch, etwas über Thom und seine Familie zu erfahren, ein großes Tuch über seine guten Absichten, sodass er sie nicht mehr fand. Dann breitete er das große Tuch auch noch über Zeldas und Florence' warnende Worte, sodass er sie vorübergehend vergaß. Und schließlich zog der Wunsch, etwas über Thom und seine Familie zu erfahren, das große Tuch auch noch über sich selber, sodass er plötzlich ganz vernünftig erschien. Ein bisschen so wie dieser Wolf, der sich als Rotkäppchen verkleidet.

Ein Blick kann ja nicht schaden, dachte Vincent ganz vernünftig – oder besser, redete er sich ein. *Das ist ja nicht dasselbe wie reingehen. Ich werde die Tür nur einen Spaltbreit öffnen.*

(Mein Co-Autor ist gerade aus dem Zimmer gerannt. Er sagt, er hält die Spannung nicht mehr aus.)

Vorsichtig klopfte Vincent an die Tür.

Stille.

Er klopfte noch einmal. Diesmal etwas lauter.

Wieder nichts.

Er legte die Hand auf den Türknauf.

Und ließ sie dort.

Sein Herz klopfte.

Die Handfläche begann zu schwitzen, und das Metall des Türknaufs fühlte sich auf einmal eiskalt an.

Er vergewisserte sich noch einmal, dass niemand da war, dann drehte er den Knauf langsam nach rechts. Unerwartet fuhr der Schnapper aus dem Schloss, und die Tür schwang nach innen auf. Rasch zog er sie wieder zu sich heran.

Na, so was! Es ist fast, als wollte sie von mir geöffnet werden.

Das redete er sich zumindest ein.

Auf jeden Fall wusste er jetzt, dass die Tür leicht aufsprang. Er wischte sich die feuchten Handflächen ab und fasste den Türknauf fester. Dann drehte er ihn, so vorsichtig er konnte, wieder nach rechts. Er hörte das Klicken, mit dem der Schnapper aus dem Schloss sprang. Jetzt wurde die Tür nur noch von Vincents Hand gehalten. Er umklammerte den Knauf so fest, dass sie zu zittern begann. So ruhig wie möglich schob er die Tür in den Raum hinein, bis sich ein schmaler Lichtstreifen auftat. Vincent zwickte das linke Auge zu und spähte mit dem rechten durch den Spalt ins Zimmer.

Es dauerte eine Weile, bis sich sein Auge an die Helligkeit gewöhnt hatte.

Ein Streifen des Zimmers rückte in den Blick.

Es sah aus wie ein normales, wenn auch großes Hotelzimmer. Das Bett war gleich wie im Welpenzimmer. Die Nachttischlampe auch. An der Wand hing ein Gemälde der Mabombo Ranges. Vincent strengte sich an, um mehr zu erkennen, aber es war unmöglich. Dazu würde er die Tür einen Spalt weiter öffnen müssen. Ohne zu überlegen, schob Vincent die Tür ein paar Zentimeter weiter in den Raum hinein. Jetzt war der Spalt etwa *zweimal* so breit wie vorher. Er sah einen Lehnstuhl und ein Bogenfenster, das auf den Gebirgsrücken hinausging. Gegenüber führte eine halb geöffnete Tür ins Bad. Vincent erkannte das Waschbecken, und bevor er sich bremsen konnte, fiel sein Blick in den Spiegel darüber.

Er spürte, wie ein Energiestrom seine Wirbelsäule hinauf in Nacken und Kopf schoss.

In seinem Gehirn brannten die Sicherungen durch.

Kopfhaut und Haare spannten sich und brannten, als stünden sie in Flammen.

Blau-weiße Blitze zuckten vor seinen Augen.

Dann sah Vincent ein Bild im Raum schweben. Es war ein kauernder Elefant und ein kahlköpfiger Mann mit einer riesigen Sonnenbrille, der Klavier spielte.

Vincent zog die Tür heran und schlug sie zu.

Er fühlte sich durchgeknallt und gleichzeitig voller Reue.

Warum habe ich das gemacht? Was habe ich getan?

Als Vincent wieder unten war, rannte er aus dem Aufzug geradewegs in die Toilette hinter seinem Schuhputzsessel und schloss ab.

Wie konnte ich bloß so blöd sein? Was werden Florence und Zelda und Rupert denken, wenn sie merken, was ich getan habe. Sie haben mir vertraut. Florence hätte sich jeden anderen als Schuhputzjungen für das Großartigste Hotel der Welt aussuchen können, aber sie hat mich gewählt. Mich! Und keinen anderen. MICH! Das ist das Beste, was mir je passiert ist. Jemals!

Vincent schämte sich ganz fürchterlich. Und was es noch schlimmer machte: Es war alles umsonst gewesen. Er hatte alles riskiert, für nichts. Die Vision hatte nicht das Geringste mit Thom zu tun. Oder mit seiner Familie. Ein kauernder Elefant und ein Klavierspieler mit großer Brille? Es war wie ein schlechter Scherz! Vielleicht war es das ja auch? Oder war das Zimmer zur Zeit defekt? Vielleicht hatte Zelda ihn deshalb gewarnt? Aber was bedeutete es dann?

Vincent war ganz übel vor schlechtem Gewissen. Gleich würde er sich übergeben müssen. Er würde jetzt alles darum geben, die Zeit zurückdrehen zu können.

Klopf, klopf!

Jemand war an der Tür!

»Bist du da drin, Vincent?«

Es war Florence.

»Ja, ich zieh mich gerade um.«

»Hast du vielleicht noch Zeit für eine Schaukelpferdrunde, bevor du gehst?«

»Gut. Bin sofort da.«

Vincent fixierte sein Spiegelbild. »Ich schwöre bei den Gräbern meiner Eltern, dass ich NIE WIEDER diese Tür öffnen werde. NIEMALS!«

KAPITEL 13

Der fünfzigste Hochzeitstag der Maaboottees

Nach dem Vorfall im Spiegel-der-Zukunft-Zimmer warf sich Vincent umso mehr auf seine Arbeit. Er arbeitete härter und sorgfältiger denn je. So als könnte heftiges Bürsten ungeschehen machen, was er getan hatte. Vor jedem Arbeitstag erinnerte er sich daran, dass seine Aufgabe das Schuhputzen war. Dass er im The Grand *nichts* anderes zu tun hatte als *das*. Und während er härter denn je arbeitete, wuchs seine Leidenschaft für Schuhe. Er entwickelte spezielle, aus Lamawolle gewebte Einlegsohlen, mit denen man selbst in unangenehm hohen High Heels ging wie barfuß auf dem weichsten Teppich. Er experimentierte mit Wichsemischungen, bis er die Farbe eines jeden Schuhs *ganz genau* traf. Er fand eine Methode, auch die Falten eines viel getragenen Schuhs völlig verschwinden zu lassen.

Und eines Tages, als er die Hochseilschuhe eines Hochseilartisten in den neunten Stock lieferte, hatte er das Spiegel-der-Zukunft-Zimmer fast vergessen.

»Morgen, Zelda«, sagte Vincent. Er drückte den Knopf

für den neunten Stock und drehte sich – wie er es immer tat – für ein kleines Schwätzchen um. Aber die Person, die am Klavier saß, war nicht Zelda. Es war ein Mann, und er trug einen türkisfarbenen Samtanzug. Außerdem war er kahl wie eine Glühbirne und hatte eine absurd große Sonnenbrille auf. Die Türen schlossen sich, der Aufzug fuhr nach oben.

»Oh, Entschuldigung! Wo ist Zelda?«

»Keine Ahnung«, sagte der Klaviermann. »Ich bekam vor einigen Wochen einen Anruf, ob ich heute ausnahmsweise mal tagsüber spielen könnte.« Und dann ließ er das vertraute Husten hören. *HARR HARR!*

Da dämmerte es Vincent.

Das war er! Nicht der Mann, auf dessen Kopf die Vögel schliefen – obwohl er das wahrscheinlich auch war. Nein, es war der Mann im Spiegel!

Vincent verfolgte, wie auf der Fahrt nach oben ein Stockwerk nach dem anderen aufleuchtete. *Was geht hier vor? Was bedeutet das?*

Dann fiel ihm das andere Bild ein. Der kauernde Elefant. In dieser Vision kamen bestimmt keine schlafenden Vögel vor, nur ein Elefant, der in die Knie ging.

Ding! Der Aufzug war im neunten Stock angekommen.

Ding! Auf einmal ergaben die Bilder einen Sinn. Es war Winnie! Der Elefant war Winnie! Sie kauerte, weil sie ihr Baby zur Welt brachte!

Vincent fiel fast aus dem Aufzug. Er sprintete den Korridor entlang zum Kuschelzimmer, wo der Hochseilartist wohnte, klopfte, stellte die Schuhe ab und sprintete zurück zum Aufzug.

Ich muss Dr. Maabootteefinden!

Vincent bearbeitete den Knopf wie ein menschlicher Presslufthammer. Seine Panik wuchs, während er zusah, wie das Licht langsam von einer Nummer zur nächsten wanderte. Wieder hämmerte er auf den Abwärts-Knopf.

Aber was soll ich sagen?

Dann hielt der Aufzug im zehnten Stock an.

Was?

Jemand muss dort ein- oder aussteigen. Oh, Manno! Ich kann doch nicht einfach hier rumstehen!

Vincent wuchtete die schwere Metalltür zur Feuertreppe auf und flog die Stufen hinunter. Er kam aus dem Notausgang in die Lobby geschossen und rannte – fast wäre er über ein Pony gestolpert – zum Empfang, wo Florence gerade Neuankömmlinge eincheckte.

»Entschuldigung, dass ich störe«, sagte er und versuchte, sein Keuchen zu unterdrücken. »Weißt du, wo Dr. Maabootee ist?«

»Er und Zelda haben heute ihren fünfzigsten Hochzeitstag. Ich habe darauf bestanden, dass sie sich freinehmen. Wir haben im nächsten Tal ein Picknick für sie organisiert. Und einen Chor aus dem Heimatort von Dr. Maabootte, der für sie singt. Er wird begeistert sein!«, erklärte Florence, offenbar hochzufrieden mit ihrer Planung. »Hab ich's dir nicht gesagt? Wir im The Grand lassen uns keine Gelegenheit zum Feiern entgehen. Sie fliegen mit dem nächsten Heißluftballon. Schau, da kommen sie. Aber Pssst! Kein Sterbenswörtchen. Es soll eine Überraschung sein.«

Vincent wandte sich zu Zelda und Dr. Maaboottee um, die sich in Schale geworfen hatten. Arm in Arm schritten sie durch die Lobby.

Oh nein! Das ist eine Katastrophe! Was mache ich bloß? Ich darf Dr. Maaboottee auf keinen Fall weggehen lassen. Winnie kriegt ihr Baby. Aber was soll ich ihm sagen? Eigentlich hätte sie ja noch wochenlang Zeit. Wie, um Himmels willen, kann ich erklären, dass ich davon weiß, ohne das Spiegel-der-Zukunft-Zimmer zu erwähnen? Und wenn ich dann meinen Job verliere?

Panik explodierte in Vincents Brust. Adrenalin wurde durch seinen Körper gespült. In seinem Mund bereitete sich ein komischer, metallischer Geschmack aus.

Denk nach, Vincent, DENK NACH!

Aber Vincent konnte plötzlich nicht mehr denken.

Was auch passiert, ich muss verhindern, dass Dr. Maaboottee weggeht.

Vincent rannte zu Zelda und Dr. Maaboottee. Er hatte keine Ahnung, was er sagen, geschweige denn tun sollte.

»Zelda, Dr. Maaboottee, Florence hat mir gesagt, dass ihr heute Hochzeitstag habt. Herzlichen Glückwunsch!«

»Danke, Vincent, danke!«, sagte Dr. Maaboottee. »Heute sind es fünfzig Jahre, dass ich meine African Queen geheiratet habe!«

»Ja, ja. Die African Queen …« *Denk nach, Vincent, denk.* »Ähm … Florence hat mir erzählt, dass ihr auswärts feiert.«

»Stimmt. Florence hat eine Überraschung für uns vorbereitet«, sagte Zelda.

»Das wird bestimmt toll. Bitte, als Geschenk von mir: Dürfte ich eure Schuhe putzen, bevor ihr geht?«

»Das ist lieb von dir, Vincent, aber ich fürchte, dazu reicht die Zeit nicht«, sagte Zelda. »Unser Ballon geht gleich. Draußen warten schon die Lamas.« Die Maaboottees nahmen niemals den Jetpack. Ganz gleich wohin.

»Bitte«, flehte Vincent. »Es dauert auch nicht lange. Ich versprech's!«

»Na gut«, sagte Dr. Maaboottee, »aber du musst dich beeilen. Wir dürfen unseren Ballon nicht verpassen.«

»Natürlich. Geht blitzschnell.«

Vincent führte Zelda und Dr. Maaboottee zu seinem Sessel.

»Ladies first«, sagte er. Zelda stellte ihren Schuh auf die Fußstütze. »Aha, was haben wir denn da? Taubenblau mit einem Tick Indigo und einem Touch Lapislazuli, wenn ich nicht irre.«

Vincent zerrte Tuben aus seiner Kiste und mischte den Inhalt wie ein Künstler oder ein verrückter Wissenschaftler. »Wir brauchen einen Klacks von dem, mit einem Schuss von dem und ein winziges bisschen davon … Hmm, noch nicht ganz. Vielleicht noch einen Stecknadelkopf Schwarz. Ah ja, so kommen wir der Sache schon näher.«

Vincent dehnte das Mischen so lange wie möglich aus.

Dr. Maabootte sah auf seine Uhr.

»Und schon haben wir's! Passt!« Vincent wählte eine Bürste und trug die perfekte Mischung sorgfältig auf. Dann putzte und polierte und putzte und polierte er, bis die Schuhe glänzten wie neu.

»Fertig«, verkündete er.

Zelda blickte auf ihre Schuhe hinunter. »Also wirklich, Vincent. Du bist einfach großartig! Meine Schuhe sehen aus, als kämen sie direkt aus dem Geschäft. Und das ist fünfzig Jahre her! Vielen Dank, Vincent! Es sind nämlich meine Lieblingsschuhe. Ich habe sie zu unserer Hochzeit getragen. Sieh dir das an, Schatz.«

Dr. Maabootte blickte auf die Schuhe seiner Frau hinab. »Ich muss schon sagen, Vincent, hervorragende Arbeit.«

Zelda und Dr. Maabootte sahen aus, als würden sie gleich in Tränen ausbrechen.

Jetzt war Dr. Maabootte an der Reihe. Er setzte sich

in den Sessel. Obwohl er sich in seinen besten Anzug geworfen hatte, trug Dr. Maaboottee die Stiefel, die er jeden Tag im Stall anhatte. Es waren gute, stabile Arbeitsstiefel, aber mehr als bloß ein bisschen staubig und abgewetzt.

»Ach, Vincent, wie gut, dass du uns vor der Abfahrt noch erwischt hast. Sieh dir nur meine Stiefel an. Ein jämmerlicher Anblick.«

»Keine Sorge, Dr. Maaboottee«, sagte Vincent und zupfte ein Stückchen Baobab-Rinde von der Socke des Doktors. »Ich weiß genau, was diese Stiefel brauchen. Die kriegen wir hin wie neu.«

Vincent wühlte in seiner Schuhputzkiste. Er zog verschiedene Tuben heraus und begann zu mischen. Dann nahm er einen kleinen Lumpen und rieb die Stiefel mit der Mischung ein. Unterdessen erzählte er Dr. Maaboottee alles über seinen Großvater und die magische Schuhputzkiste, und wie sie ihn ins Großartigste Hotel der Welt gebracht hatte. Zelda und Dr. Maaboottee hörten fasziniert zu und vergaßen darüber völlig die Zeit. Erst als Vincent sicher war, dass es zu spät sein würde, um den Morgenballon noch zu erreichen, erklärte er die Schuhputzaktion für beendet.

»Oh nein«, stöhnte Zelda und schlug sich die Hand vor den Mund. »Ich fürchte, wir haben unseren Ballon verpasst.«

Dr. Maaboottee sah auf seine Uhr. Es war fast schon

elf. Zu spät und zu windig für den Ballon. »Da hast du recht, meine Liebe!«

»Ich fühle mich *schrecklich!*«, rief Zelda. »Florence wird furchtbar enttäuscht sein. Sie hat sich so viel Mühe gegeben mit der Überraschung für uns. Seit Wochen redet sie von nichts anderem.«

Vincent wühlte mit gesenktem Kopf in seiner Kiste und vermied es, die beiden anzusehen.

Als Dr. Maaboottee seine Stiefel gerade wieder anziehen wollte, kam Florence um die Ecke gerannt.

»ZELDA! DR. MAABOOTTEE! Ein Glück, dass ihr noch da seid. Bei Winnie haben die Wehen eingesetzt!«

Dr. Maaboottee sprang aus dem Sessel, so schnell ein Mann seines Alters das eben konnte, und rannte zum Elefantenhaus. Zelda hinterher.

»Los, komm, Vincent«, rief ihm Florence zu. »Das darfst du nicht verpassen!«

Vincent warf sein »Mittagspause«-Schild über die Sessellehne und folgte.

Vincent war sich sicher, die Geburt eines Elefantenkinds gehörte zum Großartigsten, was man miterleben konnte. Ruhig beugte Winnie die Hinterbeine, damit das Baby nicht aus großer Höhe in die Welt purzeln musste. Vorsichtig stupste sie das Neugeborene an, das in einer Hülle aus Blut und Schleim auf dem Boden lag.

»Es bewegt sich nicht!«, schrie Florence. »Ist das in Ordnung, Dr. Maaboottee?«

Der Doktor, der etwas abseits stand, wirkte besorgt, griff aber nicht ein. Er sah nur zu. Ihm war klar, dass niemand besser wusste als Winnie, was jetzt zu tun war.

Winnie wickelte ihren Rüssel um den Rüssel des Babys und zog an. Das Kalb schlitterte ein kurzes Stück über den nassen Boden.

Vincent und Florence stöhnten auf.

»Keine Sorge. Winnie weiß, was sie tut«, beruhigte sie Dr. Maabottee.

Das Kalb rührte sich immer noch nicht.

Winnie stieß es vorsichtig mit dem Fuß an. Wieder fasste sie es am Rüssel, hob es ein wenig hoch und ließ es fallen.

Vincent und Florence hielten den Atem an, als der neugeborene Elefant mit einem schmatzenden Geräusch am Boden aufschlug.

Und dann geschah etwas. Das Kalb hob die rechte Schulter, als wollte es aufstehen.

»Es bewegt sich!«, schrie Florence. »Es lebt!«

Winnie befreite ihr Kalb aus der schleimigen Hülle und half ihm mit einem Stups auf die wackligen Beine.

Doch Dr. Maabottee wirkte noch immer beunruhigt. »Es steht zwar auf eigenen Beinen, Florry, aber es ist zu klein. Es wird nicht bei der Mutter trinken können.«

Und er hatte recht. Das Kalb war eine Frühgeburt.

Egal wie sehr es sich anstrengte, es erreichte die Zitzen seiner Mutter nicht.

Winnie stieß ein frustriertes Trompeten aus.

»Oh nein!«, schrie Florence, deren Zuneigung zu den Elefanten des The Grand genauso groß war wie diese Tiere selbst. Nervös schlug sie die Hacken zusammen.

Vincent ergriff ihre Hand.

»Es wird schon, Winnie, es wird schon.« Beruhigend streichelte Dr. Maaboottee Winnies Gesicht. »Ich kann Milch zubereiten, die wir deinem kleinen Jungen zu trinken geben.«

Wieder stieß Winnie ein frustriertes Trompeten aus.

»Mach schnell, Dr. Maaboottee, schnell!«, rief Florence. »Ich kann nicht mitansehen, dass Winnie so unglücklich ist.«

Dr. Maaboottee kümmerte sich um die Milch. Als er mit dem Fläschchen zurückkam, ließ Winnie ihn zu dem Kleinen gehen, das bald gierig trank. Winnie schien zu spüren, dass ihr Baby außer Gefahr war. Sie wedelte mit den Ohren und ließ ein zufriedenes Trompeten hören. Während Dr. Maaboottee ihm die Flasche hinhielt, berührte Winnie den Kleinen mit dem Rüssel und stupste ihn mit den Beinen.

»Sie lässt ihn wissen, dass alles in Ordnung ist«, sagte Zelda. »Dass Dr. Maaboottee ein Freund ist.«

»Was für ein Glück, dass ihr noch nicht weg wart«, sagte Florence. Sie nahm die Brille ab und wischte eine

Träne weg. »Ich hätte nicht gewusst, was tun, wenn ihr nicht da gewesen wärt. Sie hätte sicher niemanden an sich herangelassen als Dr. Maaboottee.«

Der Doktor bestätigte das. »Ja, es hätte schiefgehen können, aber heute war das Glück des The Grand auf unserer Seite.«

Zelda lachte. »Wir waren so beschäftigt mit dem Schuhputzen und der wunderbaren Geschichte von Vincents Großvater, dass wir unseren Ballon verpasst haben!«

»Ich fürchte, da muss ich noch mal drübergehen«, sagte Vincent und blickte auf Dr. Maaboottees frisch polierte Stiefel hinunter, die jetzt mit Blut und Schleim bedeckt waren.

»Und während du das tust, kannst du dir vielleicht einen Namen für ihn ausdenken.« Dr. Maaboottee nickte zu dem Elefantenbaby hinüber. »Ohne dich wäre er vielleicht gar nicht hier.«

»Ich soll ihm einen Namen geben?«, fragte Vincent. Sein Grinsen erhellte das ganze Elefantenhaus.

»Das ist eine prima Idee!«, sagte Florence. »Wie wirst du ihn nennen?«

Vincent betrachtete den winzigen Babyelefanten. »Wie wär's mit Tommy? Wie in Tommy Däumling, weil er so klein ist. Und so heißt auch mein kleiner Bruder.«

»Perfekt!«, rief Florence.

»Dann heißt er jetzt Tommy«, sagte Dr. Maaboottee.

Nach diesem sensationellen Ereignis arrangierte Florence rasch ein neues Picknick für die Maaboottees, und der Chor wurde kurzerhand eingeflogen, um im Elefantenhaus aufzutreten. Dr. Maaboottee hätte keinen Fuß über die Schwelle gesetzt, denn Tommy brauchte an die zehn Liter Milch pro Tag. Dr. Maaboottee würde ihn rund um die Uhr füttern müssen, genau wie eine junge Mutter.

»Auf Tommy!« Florence prostete den anderen mit einer rauchenden Limonade zu. »Willkommen im The Grand!«

»Auf Tommy!«, jubelten alle.

»Und auf Vincent!«, rief Florence.

»Auf Vincent!«

Vincent spürte, wie er rot wurde. *Wenn die wüssten.*

KAPITEL 14

Ungeöffnete Geschenke und die kürzeste Treppe der Stadt

Elefant«, sagte Vincent und deutete auf das Bild. »Heute ist im Hotel ein Elefant geboren worden, und er wurde nach dir benannt, Thom. Ein Elefant namens Tommy. So wie du! Was meinst du DAZU?«

Thom nahm das Bild, ohne es anzusehen, ließ es auf den Küchenboden fallen und ging weg.

»Nicht gerade viel«, sagte Rose. »Du hättest ihn nach mir nennen sollen.« Sie stand auf und tanzte Flamenco um den Küchentisch herum, als wollte sie ihre Aussage bekräftigen.

Tapp. Tapp. Tapp. STAMPF! Tapp. Tapp. Tapp. STAMPF! Tapp. Tapp. Tapp. STAMPF!

»Es ist ein Junge!«, entgegnete Vincent.

Tapp. Tapp. Tapp. STAMPF! Tapp. Tapp. Tapp. STAMPF!

»Wie wär's mit Rosendo?« *Tapp. Tapp. Tapp. STAMPF!* Sie schwenkte ihr Cape vor Vincents Gesicht.

»Muss das sein? Außerdem dachte ich, du wärst Marilyn.«

Tapp. Tapp. Tapp. STAMPF! »Das bin ich.«

Vincent schüttelte den Kopf und verdrehte die Augen.

»Aber wenn Tiere oder Straßen nach mir benannt werden, können die Leute den richtigen Namen oder meinen Künstlernamen benutzen. Mir egal.« *Tapp. Tapp. Tapp. STAMPF! Tapp. Tapp. Tapp. STAMPF! Tapp. Tapp. Tapp. STAMPF!*

»Gut zu wissen.«

»Außerdem glaube ich nicht, dass Thom weiß, dass er Thom heißt.«

»Natürlich weiß er das!«, verteidigte Vincent seinen Bruder.

»Wenn du es sagst.« Damit steppte und stampfte Rose in ihr Zimmer.

Vincent hob das Bild vom Boden auf. Das Ärgerliche war, dass Rose wahrscheinlich recht hatte. Er war sich nicht sicher, ob Thom seinen eigenen Namen kannte. Er erinnerte sich daran, wie seine Mutter ihn einmal gebeten hatte, zwei Minuten auf Thom aufzupassen, damit sie in die Apotheke sausen und Ohrentropfen für Rose besorgen konnte. Sie war noch keine drei Sekunden weg, als Thom durchs Gartentor und auf die Straße rannte. »Thom, Thom, komm zurück, Thom!«, hatte Vincent ihm nachgeschrien, aber der hatte sich nicht mal umgedreht. So als könnte er Vincents panische Rufe gar nicht hören. So als käme ihm überhaupt nicht in den Sinn, dass sein großer Bruder hinter ihm herrannte, damit ihm nichts passierte. So als kennte er den eigenen Namen nicht.

Vincent starrte auf das Bild. Mehr als alles andere wünschte er sich, dass sein Bruder die Elefantengeschichte begreifen könnte. Thom sollte unbedingt wissen, dass Vincent ein Elefantenbaby gerettet und nach ihm benannt hatte. *Wie viele Menschen gibt es, nach denen ein Elefant benannt ist? Und es wird ziemlich sicher nicht noch einmal passieren.* Es war das tollste Geschenk der Welt, und Vincent konnte es Thom nicht überreichen.

Als er an diesem Abend im Bett lag, lauschte er Thoms spitzen Schreien, die unter den beruhigenden Klängen von Erik Saties Gymnopédie Nr. 1 langsam erloschen. Es war eines von Thoms Lieblingsstücken. Und auch von Vincent. Es war traurig und besänftigend zugleich. So mussten seine Mum und sein Dad sich fühlen, dachte Vincent. All die Geschenke, die sie Thom nicht machen konnten. All die Dinge, die sie ihm nicht beibringen konnten. All die Geschichten, die sie nicht mit ihm teilen konnten. All die Hoffnungen und Träume, die sie hatten aufgeben müssen. Und all die Dunkelheit und Ungewissheit, die an ihre Stelle traten.

Vincent lenkte seine Gedanken zurück zu den Ereignissen des Tages. Wenn er nicht in das Spiegel-der-Zukunft-Zimmer gespäht hätte, wäre Winnies Baby vielleicht gestorben. Trotz Zeldas Warnungen war nichts Schlimmes passiert. Ganz im Gegenteil. Er hatte *verhindert,* dass schlimme Dinge passierten. Er hatte mitgeholfen, einem Elefantenbaby das Leben zu retten! DAS war etwas Gutes. DAS war unglaublich. Und zum allerersten Mal fühlte Vincent sich ein kleines bisschen wie ein Held.

***

Nun ahnt ihr modernen Leser wahrscheinlich schon, dass Vincent nach dem Vorfall mit dem Elefantenbaby zum Spiegel-der-Zukunft-Zimmer zurückkehrte.

Und damit liegt ihr völlig richtig.

Aber er kehrte nicht ein Mal zurück.

Er ging gleich mehrmals hin.

Ja, er machte sich die Besuche dort zur Gewohnheit. Und damit Zelda keinen Verdacht schöpfte, stieg er immer schon im fünfzehnten Stock aus und nahm für den Rest des Wegs die Feuertreppe. Obwohl er Zelda damit nicht wirklich anlog, lief es letztlich doch darauf hinaus. Das war das Schlimme, wenn man nicht total ehrlich war. Meist war da ein Netz aus Unwahrheiten, oder Dinge, die man praktischerweise einfach zu erwähnen vergaß. Und Vincent fühlte sich schlecht dabei.

Aber nicht so schlecht, dass es ihn an seinen Besuchen gehindert hätte.

Vielmehr begann Vincent sich zu fragen, ob er selbst allmählich großartig wurde, so wie die Wainwright-Cunninghams. War »Held« nicht einfach ein anderes Wort für jemand, der großartig war? Warum sollte er also jetzt aufhören, in dieses Zimmer zu gehen. Warum?

Jedes Mal wenn Vincent in das Spiegel-der-Zukunft-Zimmer ging, erlebte er dasselbe. Zuerst hatte er das Gefühl, als brannten in seinem Gehirn die Sicherungen durch. Kopfhaut und Haare spannten sich und schmorten, als stünden sie in Flammen. Dann zuckten blau-weiße Blitze vor seinen Augen, und eine rätselhafte Vision erschien.

Auch wenn die Bedeutung dieser Vision zunächst unklar blieb, lernte Vincent, ihr zu vertrauen. Irgendwann fand alles seinen Platz, und dann musste Vincent rasch handeln. So beim zweiten Mal, als er in das Zimmer zurückgekehrt war. Er hatte eine fallende Leiter gesehen und einen Baum, der sich so weit neigte, dass seine Zweige wie ein Besen den Boden streiften. Eine Woche später – Vincent und Florence machten gerade mit den Faultieren in einer Baumkrone Mittag – warnte Florence Fin vor einem Sturm, den der Wetterbericht für den Nachmittag vorausgesagt hatte. Sofort war Vincent klar, dass *eben dieser* Sturm eine Leiter umwerfen würde. Aber welche Leiter?

Sofort verabschiedete Vincent sich unter einem Vorwand, kletterte den Baum hinunter und ruderte mit einem der Schwanenboote über den See. Er streifte durch das ganze Hotel und entdeckte einen einsamen Fensterputzer hoch oben auf einer Leiter. Er wischte Giraffensabber von den Scheiben des Frühstückszimmers. *Ich kann doch nicht da stehen und die Leiter halten, bis der Wind kommt*, dachte Vincent. Also schlenderte er zu dem Fenster hinüber und verwickelte den Fensterputzer in ein Gespräch über die Hartnäckigkeit von Giraffensabber und die schlechten Essmanieren dieser Tiere. Dann entwickelte er eine Idee, wie man die Schuhe des Fensterputzers sicherer machen konnte. Gerade als Vincent die Themen ausgingen, kam aus dem Nichts eine gewaltige Windböe. Sie ergriff die Leiter und wehte sie von der Wand weg. Der Fensterputzer kreischte, Vincent konnte ihn gerade noch packen, eine Mikrosekunde bevor er aufs Pflaster geknallt wäre. Vincent hielt ihn – es war ein stämmiger Kerl –, bis er meinte, sein Arm würde aus der Verankerung gerissen. Da kam zum Glück Rupert und zog den Mann in Sicherheit.

Bei seinem nächsten Besuch sah Vincent ein weinendes Baby und einen Haufen schmutziger Wäsche. Einige Tage später kam ein Gast schreiend durch die Lobby gelaufen: »Ich habe mein Baby verloren! Bitte, helfen Sie mir! ICH KANN MEIN BABY NICHT FINDEN!«

Rupert entlockte der hysterischen Mutter eine Beschreibung des Säuglings und schnappte sein Megafon. »Achtung, an alle Mitarbeiter! Sofort alles liegen und stehen lassen. Höchste Alar-r-rmstufe. Ich wiederhole … (Selbst bei einem Notfall vergaß Rupert nicht, das »R« zu rollen.) Höchste Alar-r-rmstufe. Sofort alles liegen und stehen lassen und nach einem Baby suchen, das an einem großen blauen Schnuller nuckelt und einen Pinguin-Overall trägt.« Vincent wollte sich dem Suchtrupp gerade anschließen, als ihm einfiel, dass er ja genau wusste, wo das Baby war.

Wie mach' ich das bloß? Es ist doch verdächtig, wenn ich das Baby jetzt finde. Aber ich kann es auch nicht einfach dort lassen.

Die Lobbyreiniger Luz und Tracee flogen vorbei. »Hierher, Herzchen! Komm zu Luz und Tracee, Herzchen.«

»Wohin?«, fragte Vincent.

»Schokozimmer. Selbst eine Baby wittern Bananentoffeebällchen.«

»Da war ich schon. Fehlanzeige. Ihr beiden checkt jetzt die Wäscherei, und ich sehe in der Bibliothek nach.«

Luz und Tracee machten auf dem Absatz kehrt und flitzten zur Wäscherei. Als sie mit dem Baby im Arm wieder auftauchten, war – ihr könnt es euch vorstellen – der Jubel groß. Beim Verschwinden und Wieder-

Auftauchen eines Kleinkinds durchlaufen alle Beteiligten schlimmstes Trauma und grenzenlose Erleichterung. Und das muss dann natürlich gebührend gefeiert werden. An diesem Abend kamen fast alle Gäste in den Transatlantischen Ballsaal. Luz und Tracee waren die Königinnen der Nacht, und der Anblick Hunderter Menschen, die den »Knochenschüttler« tanzten, brachte auch das schwerste Herz zum Schweben. Nachdem die Mutter des Babys sich von ihrem Schreck erholt hatte, tanzte sie mit ihrem Pinguinbaby, bis sie nicht mehr konnte. Und die Geschichte von dem Kleinkind, das in die Wäscherutsche gekrabbelt und vier Stockwerke hinuntergesaust war, nur um sicher in einem Haufen Schmutzwäsche zu landen, wurde zu einer der Lieblingslegenden des The Grand. Ein Hotel, das so voller Geschichten war, dass man sie vor dem Kaminfeuer ein Jahr lang erzählen konnte, ohne Luft zu holen oder sich zu wiederholen.

Wieder fühlte sich Vincent, als hätte er etwas Großartiges geleistet. Jetzt hatte er nicht nur ein Elefantenbaby gerettet, sondern auch ein Menschenbaby. Und wenn Vincent daran dachte, wie er sämtliche Tiere vom Talgrund bis zum Berggipfel vor einer Sturzflut bewahrt und verhindert hatte, dass einem voll besetzten Speisesaal verdorbene Meeresfrüchte serviert wurden, bildete er sich ein, es besser zu wissen als Florence und ihre Großmutter, wenn sie meinten, man müsse manche Dinge im Leben den Göttern überlassen. Vincent fand vielmehr, es sei geradezu *notwendig*, gewisse Dinge im Voraus zu wissen, die sich im The Grand ereignen würden. Und wenn kein anderer mutig genug war, ihnen ins Auge zu sehen, dann eben er. (Ist es nicht erstaunlich, wie das Gehirn funktioniert? Es kehrt deine wahren Beweggründe unter den Teppich und blendet dich mit Erklärungen, die so gut klingen, dass sie einfach wahr sein müssen!) *Nicht* ins Spiegel-der-Zukunft-Zimmer zu gehen hatte keineswegs etwas mit Mut zu tun. Ja, Vincent hatte Tiere und Menschen gerettet. Ja, er hatte verhindert, dass schlimme Dinge geschahen. Aber machte das sein Handeln richtiger? Hatte er wirklich die Kontrolle über die Zukunft?

Mein Co-Autor hat eben darauf hingewiesen, dass der Schritt von »bescheiden und voll gesunder Selbstzweifel« zu »ziemlich von sich selbst überzeugt« sehr kurz sein kann.

Und Vincent würde das auf die harte Tour lernen müssen.

KAPITEL 15

Tomatensandwiches auf der Plattform für Waghalsige

Vincent sang den neuesten Song des Rappers MZee und hüpfte die Feuertreppe hinauf. Er war sie schon so oft hinaufgestiegen, dass er sich nicht mehr damit aufhielt, leise oder diskret zu sein. Er stieß die Tür mit dem Stiefel weit auf und ging mit wiegendem Schritt den Korridor entlang, direkt auf das Spiegel-der-Zukunft-Zimmer zu.

Bei jedem Besuch öffnete er, ohne es zu merken, die Tür ein wenig weiter. Diesmal war er so entspannt, dass er völlig gedankenlos am Türknauf drehte. Der Schnapper des Schlosses sprang auf, und die Tür – mitsamt Vincent – wurde praktisch ins Zimmer gesogen. Vincent stolperte vorwärts. Zum ersten Mal sah er das eigene Gesicht im Spiegel. Vincent wollte die Tür zu sich heranziehen.

Doch es war zu spät.

Ein Energiestrom von der Kraft eines Güterzuges fuhr seine Wirbelsäule hinauf.

Sein Körper bog sich.

Sein Kopf wurde zurückgerissen.

Sein Gehirn fühlte sich an wie ein explodierender Stern. Kopfhaut und Haare flogen in alle Richtungen.

Vincent klammerte sich an den Türknauf, als der blau-weiße Blitz zuckte.

Und dann die Vision. Wie aus einem Maschinengewehr abgeschossen fuhr sie direkt in sein Hirn.

Florence in einem Krankenhausbett, an Maschinen angeschlossen.

Seine Mum und sein Dad legen die Arme um ihn, alle drei fröhlich lachend, vereint in einer glücklichen Umarmung.

Vincent blickt auf seine Füße hinunter und sieht Florence' türkisfarbene Stiefel.

Vincent wurde zurückgerissen. Sein Kopf schlug am Boden auf. Die Tür knallte zu.

In diesem Moment in der Zeit verstand Vincent tief innen plötzlich alles.

Er stand auf und rannte zur Feuertreppe. So schnell er konnte, sprang er die Stufen hinunter, immer drei auf einmal. Er strauchelte, fing sich, strauchelte wieder. Er wünschte, er könnte sich selbst überholen. Könnte durch die Zeit zurückrennen. Könnte ungeschehen machen, was passiert war. Mehr als alles aber wünschte er, er könnte ungesehen machen, was er gerade gesehen hatte.

Die Hände auf die Knie gestützt, stand er keuchend im Treppenhaus und versuchte, zu Atem zu kommen.

Schweiß tropfte ihm von der Stirn. Vincent sah zu, wie er still auf die Stufen tropfte – *tropf, tropf, tropf.* Sein Herz pochte in den Ohren, als sei sein Kopf eine hölzerne Trommel. Hände und Füße wurden taub, und Panik wickelte sich um seinen Körper wie eine Schlange. *Reiß dich zusammen, Vincent. REISS DICH ZUSAMMEN!*

Er brauchte eine Weile, bis er sich wieder gefasst hatte. Als die Aufzugtüren auseinanderglitten, lächelte Zelda ihn wie immer an.

»Wolltest du nicht ein Paar Schuhe abholen?«, fragte sie.

»Wie?« war alles, was er herausbrachte. Er war so durch den Wind, dass er die kleine, unbedeutende Lüge vergaß, die er Zelda auf der Fahrt nach oben erzählt hatte. »Ach ja … ähm ja …« Er schluckte. »Sie müssen vergessen haben, sie rauszustellen. Hab überall nachgesehen. Keine Schuhe.«

»Na ja«, sagte Zelda fröhlich. »Ein Paar weniger zu putzen!«

Vincent nickte, den Blick gesenkt. Nervös fummelte er an seinen Haaren herum, vergewisserte sich, dass sie noch da waren. Er wagte nicht, Zelda anzusehen. Bestimmt würde sie ihn durchschauen.

In der Lobby stieg Vincent aus und ging zu seinem Schuhputzsessel. Er zog Min aus der Tasche und rieb die Wange an ihr.

Was war da eben passiert? Was hatte er getan?

Vincent wusste, dass die beiden Visionen zusammenhingen wie die vorherigen auch. Aber während seine Zukunft gut aussah, war die von Florence erschreckend. Wieso stand sein Glück mit ihrem Unglück in Verbindung? Es ergab keinen Sinn! Wie konnte das sein? Und warum? Warum geschah so etwas?

Vincents ganzer Körper war von Reue erfüllt. Und von Angst. Eine so große Angst, dass er schreien wollte. Eine Angst, vor der er wegrennen wollte, um nie wieder anzuhalten.

»Hi, Vincent. Was ist los?«

Türkisfarbene Stiefel. Florence. Er blickte in ihre freundlichen, wunderschönen Augen.

»Was ist passiert? Hast du einen Geist gesehen?«

»Was? Nein, alles in Ordnung«, sagte Vincent und mühte sich, normal auszusehen und zu klingen, als hätte er nicht eben in die schlimmstmögliche Zukunft für Florence geschaut.

»Sicher? Du bist ganz blass.«

»Hab bloß ein bisschen Kopfweh.« (Was tatsächlich stimmte.) »Manchmal atme ich zu viel Schuhwichse ein. An der frischen Luft wird das gleich besser.« Während er das sagte, schrie es in seinem Kopf: *Was passiert mit dir? Was wird mit dir geschehen?*

»Wir wär's dann mit einer Mittagspause auf der Plattform? Jede Menge Frischluft da oben.«

Vincent nickte.

»Super. In fünfzehn Minuten.«

Vincent sah Florence nach, wie sie durch die Lobby tänzelte. Ihr Zimthaar schwang hin und her. Ihre türkisfarbenen Stiefel spielten Bachs Cellosuite Nr. 1 in G-Dur. Unterwegs rückte sie einem Pony den Kopfschmuck zurecht, knuddelte das Baby eines Gastes, applaudierte einem Bänkelsänger und sprach mit einem Reptilienfachmann, der die Schildkröten polierte. Sein Kopf hämmerte, sein Herz schmerzte. Die Freundschaft mit Florence war das Beste. Sie war großzügig und freundlich und gewandt und tüchtig und klug und lustig. Warum hatte er nicht auf sie gehört? Warum hatte er getan, was er getan hatte? Und warum musste sie krank werden? Was, wenn es noch schlimmer kam? Was, wenn Florence … Vincent drängte den Gedanken weg. Er konnte ihn nicht einmal denken.

Unvorstellbar, dass Florence nicht da wäre.

Das ging einfach nicht!

Ohne sie konnte es kein The Grand geben! In Vincents Augen *war* Florence The Grand!

Aber warum hatte er in der Vision ihre Stiefel getragen? Wie konnte er gleichzeitig so glücklich und sie so krank sein? Gab es da einen Zusammenhang? Unmöglich.

***

Vincent ließ sich vom Sessellift hinauf zur Plattform bringen. Er sah, wie die alte Dame mit dem geflügelten Anzug absprang und über das Tal segelte, während Florence sie mit baumelnden Beinen durch ihr Fernglas beobachtete.

»Ich hoffe, ich hab auch so viel Mumm, wenn ich alt bin«, sagte Florence. Sie warf Vincent eine braune Tüte zu. »Und ich hoffe, Tomatensandwiches sind in Ordnung.«

Vincent setzte sich neben sie und wickelte sein Sandwich aus. »Du hast mich bekehrt.«

Sein Kopf pochte noch immer, wo er am Boden aufgeschlagen war. Alles in seinem Körper schien auf Hochtouren zu laufen. Sein Herz. Sein Blut. Sein Hirn.

»Oh, schau! Ein Adler!«, rief Florence. Sie legte ihr halb gegessenes Sandwich in den Schoß und griff wieder nach dem Fernglas.

»Wo?«

»Da drüben«, sagte sie und deutete, »über dem Baumhaus.«

»Jetzt seh ich ihn. Ich glaube, es ist ein Kondor.«

»Du hast recht. Ein Andenkondor. Schau dir seine Schwingen an! Der muss eine Spannweite von drei Metern haben.«

»Hoffentlich sind keine kleinen Kinder im Baumhaus«, sagte Vincent. »Der ist groß genug, um sich eins zu schnappen.«

»Keine Sorge, es sind immer Wildhüter in der Nähe. Die passen schon auf.«

Florence und Vincent aßen ihre Tomatensandwiches und sahen dem Kondor beim Kreisen zu. Geschickt nutzte er die Thermik, um sich hinunterzuschrauben und wieder aufzusteigen. Doch Vincent war nicht bei der Sache. Alles, was er sah, war die Vision von Florence in einem Krankenhausbett. Er wollte es ihr erzählen. Sie war klug wie eine Eule und würde wissen, was zu tun war.

Aber er brachte es nicht über sich.

Es war schrecklich, im Voraus zu wissen, dass etwas Schlimmes passieren würde. Sein ganzer Körper machte sich darauf gefasst. Wie der Horror des freien Falls, wenn man eine Stufe übersehen hat.

Florence legte sich auf die Plattform zurück und sah in den Himmel. »Ich weiß auch nicht. Bevor du gekommen bist, habe ich nicht mal Mittagspause gemacht.«

Vincent legte sich auch zurück.

»Ständig habe ich mir gesagt, dass ich zu viel zu tun hätte – was ja auch stimmte. Und ich habe immer noch zu viel zu tun, aber ich glaube, es lag daran, dass keiner da war, mit dem ich die Mittagspause verbringen konnte. Ich meine, da sind Rupert und Zelda und Dr. Maabottee und all die anderen, aber die sind mehr wie Tanten und Onkels. Nicht dasselbe wie ein gleichaltriger Freund. Ich meine, du weißt, wer MZee ist.

Und dir macht es nichts aus, auf der Schaukelpferdrennbahn den Kürzeren zu ziehen.«

»Das macht mir sehr wohl was aus«, protestierte Vincent lahm.

Florence lachte.

Sie hatte das beste Lachen.

»Ich hab so viel Spaß gehabt diesen Sommer. Jetzt merke ich erst, wie sehr ich einen Freund vermisst habe, mit dem man reden und Sachen machen kann. Sachen, die Kinder so machen. Und du weißt auch, was Arbeit bedeutet. Die meisten in unserem Alter müssen ja nicht arbeiten wie wir.«

»Deine Arbeit lässt sich mit meiner nicht vergleichen. Was du tust, ist wirklich wichtig. Ich putze bloß Schuhe.«

»Du tust viel mehr als Schuhe putzen, Vincent.« Florence langte herüber und nahm seine Hand. Sie drückte fest. Während sie so dalagen und in den Himmel starrten, wurde Vincent klar, dass Florence die Art von Freundin war, die man mit viel Glück *einmal* im Leben findet, aber nie *zweimal*.

In der Vergangenheit hatte Vincent akzeptiert, dass die Zukunft so stattfinden würde, wie er es in den Visionen gesehen hatte, aber diesmal konnte er das nicht.

Diesmal musste er sie AUFHALTEN.

Irgendwie musste er die Zukunft am Eintreten hindern, und wenn es das Letzte wäre, was er tat.

Obwohl er es nicht laut sagen konnte, so schwor er sich, während er so neben Florence lag, sie mit jedem Knochen, jedem Muskel und jeder Zelle seines Körpers zu beschützen.

»Zurück an die Arbeit«, sagte Florence und schnellte hoch. »Die Lamas werden heute Nachmittag shampooniert, das Sprudelzimmer sprudelt nicht, und die Bällchen-in-beliebiger-Geschmacksrichtung sind aus. Du glaubst nicht, wie viele Tausend davon wir in einer Woche brauchen, Vincent. Man kommt einfach nicht hinterher.«

Vincent kam auf die Beine. »He, Vorsicht! Nicht so dicht an die Kante.«

»Sei kein Angsthase. Los, komm. Wer als Erster unten ist!« Florence drehte sich um, sprang von der Plattform und rannte den Berg hinunter.

Vincent rannte hinterher. »Pass auf, Florence«, rief er und sprang über Steine und Gräben, »dass du nicht fällst!«

KAPITEL 16

Die Zukunft aufhalten

Von diesem Moment an war jeder Tag für Vincent eine Mission zum Schutz von Florence. Dabei hatte er keine Ahnung, wie und wovor er sie beschützen musste. Das war das Schwierigste. Wie sollte man bereit sein, wenn man nicht wusste, wovor jemand Schutz brauchte? Oder wo? War Intelligenz oder Muskelkraft gefragt? Kalkül oder Intuition? Würde er ihr Schwert oder ihr Schild sein müssen? Vincent sagte sich, dass er immer und überall wachsam sein musste. Bisher hatte er stets gewusst, wann die Zukunft eintraf. Und er hoffte von ganzem Herzen, dass es auch diesmal so sein würde.

Ein Glück für Vincent, dass Florence viel Zeit am Empfang verbrachte, wo er ein Auge auf sie haben konnte. Doch jedes Mal wenn sie wegging, ließ er alles stehen und liegen und folgte ihr. Er folgte ihr ins Grand Theatre, um den neuen Regisseur zu treffen, der aus New York eingeflogen war. Er folgte ihr zu dem Treffen mit den Lepidopterologen, die die Ankunft von drei neuen Schmetterlingsarten vorbereiteten. Er folgte ihr ins Tenzing, dem Drehrestaurant am Gipfel, wo Fensterputzer in einer gefährlichen Aktion das Glasdach enteisten. Und er folgte ihr zur Donut-Bar, wo sie die neuesten Geschmacksrichtungen verkostete – brutzelnd heißes, doppelt getauchtes Sirupcreme-Kabumm.

Doch ein paar Tage später, die Vision klarer denn je vor seinem inneren Auge, sah er Florence auf dem Weg zum Aufzug an seinem Sessel vorbeigehen.

»Morgen, Vincent!«, sagte sie fröhlich. »Heiße Quellen oder Faultiere zu Mittag?«

»Hmm, Faultiere.«, erwiderte er und versuchte, genauso fröhlich zu klingen.

Kaum hatten sich die Aufzugtüren geschlossen, sauste Vincent los. Er sah das Licht von »L« aufblinken, dann das von »E« und schließlich das von »U«.

Untergeschoss.

Florence stieg im Untergeschoss aus. Vincent nahm die Feuertreppe und rannte hinunter, so schnell er konnte. Als er die Feuertür öffnete, hörte er ein lautes *PIEP PIEP PIEP*. Ein Lastwagen rangierte mit blinkenden Lichtern rückwärts in eine Ladezone. Und Florence stand direkt hinter ihm!

»Weiter, weiter …«, schrie sie und winkte dem Fahrer. »Noch viel Platz.«

Vincent drehte schier durch. Er sprintete zu Florence. Doch bevor er sie erreichte, hielt der Laster sicher in der Parkbucht. Vincent duckte sich hinter eine Säule. Ein Mann stieg aus und kam auf Florence zu.

»Hier, ein Autogramm bitte, Herzchen.« Er reichte ihr ein Klemmbrett.

»Oh, super, die neuen Bettüberwürfe aus Kaschmir. Ich bin ja so gespannt.«

Zwei weitere Männer stiegen aus, öffneten die hintere Tür und ließen eine Rampe herunter. Dann versuchten sie, eine riesige Kiste aus dem Laderaum zu manövrieren.

»Links vorne ein bisschen tiefer und rechts hinten ein bisschen höher«, dirigierte Florence.

Die Männer kämpften mit der Kiste.

»Pass auf!«

»Halt sie von unten!«

»Tu ich doch!«, schrie der Mann auf der Rampe dem Mann im Laderaum zu. »Verdammt schwer!«

»Kipp sie ein bisschen nach links.«

»Geht nicht. Meine Hände rutschen ab!«

Florence stand am Fuß der Rampe, als der Mann, das Gesicht rot und glänzend wie eine reife Kirsche, ins Wanken geriet.

Vincent wartete nicht, bis die Kiste sich entschied, in welche Richtung sie fallen sollte. Er hechtete hinter der Säule hervor auf Florence zu und stieß sie aus dem

Weg. Florence knallte auf den Betonfußboden, Vincent obenauf. Ihre Brille schlitterte über den Boden. Min jaulte. Emerson auch.

»Vincent!«, schrie sie. »Was soll denn das?«

Die Männer standen noch immer auf der Laderampe und hielten die schwere Kiste. In ihren Gesichtern stand dieselbe Frage.

»Tut mir leid, Florence! Ich dachte, die Kiste würde auf dich fallen.«

Florence stand auf und klopfte sich den Staub ab. Vincent hob ihre Brille auf, die zum Glück nicht kaputt gegangen war, aber ihre Knie bluteten, und ein Handballen war aufgeschürft und rot.

Beide sahen nach ihren Taschenhunden. Min zitterte.

Die Männer auf der Rampe stellten die Kiste sicher in der Ladezone ab.

»Was hast du überhaupt hier zu suchen, Vincent?«

»Ähm.« Jetzt hieß es schnell denken. »Meine neuen Schuhwichsen sollten heute geliefert werden. Und ich dachte, ich schau mal nach, ob sie schon da sind. Maulbeerlila und Vergissmeinnichtblau sind fast aus. Und Schwarz und Indigo bräuchte ich unbedingt …« Vincent zählte eine lange Litanei von Farben auf, die angeblich fehlten. Er erfand sogar neue hinzu, um seine Lüge noch glaubhafter zu machen.

»Oh«, sagte Florence. »Von einer Lieferung Schuhwichse weiß ich nichts. Ich werde mal nachhaken.«

»Und könntest du beim nächsten Mal ein bisschen weiter vom Lastwagen wegbleiben? Nur für alle Fälle.«

Florence reagierte genervt. »Ich hab das Be- und Entladen von Tausenden Lastwagen überwacht, Vincent. Vergiss nicht, dass ich seit meiner Geburt im The Grand lebe. Und ich bilde mir ein, dass ich den Laden ziemlich gut im Griff habe. Ich will ja nicht unhöflich sein, aber du hast Mist gebaut, nicht ich!«

»Stimmt. Aber du warst zu dicht dran.«

»Ich weiß, dass du mich beschützen willst. Deshalb sollte ich eigentlich nicht wütend sein. Nächstes Mal bin ich vorsichtiger. Versprochen.«

»Gut«, sagte Vincent erleichtert.

»Du brauchst dir keine Sorgen um mich zu machen«, sagte Florence mit fragendem Blick. »Ich weiß schon, was ich tue.«

Der nächste Lastwagen traf ein, und Florence prüfte weiter die Lieferungen. Vincent blieb nichts anderes übrig, als sich in die Lobby zu verziehen. Aber er war erst beruhigt, als Florence aus dem Aufzug trat und zum Empfang ging, wo er sie im Auge behalten konnte.

Später am Tag kam eine alte Frau – nicht die mit dem Flügelanzug – zum Schuheputzen.

»Ach, was für ein gemütlicher Sessel«, seufzte sie. »Hier könnte ich den ganzen Nachmittag sitzen.«

Vincent sah sich ihre Schuhe an. Sie waren alt, die

Sohlen fast durchgelaufen. Außerdem muffelten sie, aber Vincent ließ sich nichts anmerken.

»Entschuldige. Sie sind nicht gerade glamourös, mein Lieber«, sagte sie, »aber so bequem. Ich habe schlimme Hühneraugen, weißt du? *Au*, die tun so weh.«

Während er ihre Schuhe putzte und herrichtete, erzählte die alte Dame ihm ihre Lebensgeschichte. Er mochte das. Etwas über das Leben seiner Kunden zu erfahren war ein positiver Nebeneffekt seiner Arbeit. »Sechzig Jahre lang war ich Hebamme, weißt du? Ich habe schätzungsweise zwanzigtausend Babys auf die Welt gebracht. Kaum zu glauben, aber mein erstes ist mittlerweile schon Großmutter.«

Vincent kramte in seiner Kiste nach dem richtigen Weißton. Er dachte auch über Lamawolle nach, mit der man ihre Hühneraugen polstern könnte.

»Was für ein Luxus«, sagte die alte Dame und ließ sich noch tiefer in den Sessel sinken. »Kümmere dich nicht drum, wenn ich ein wenig einnicke, ja?«

Da sah er Florence zu Luz und Tracee hinübergehen, die auf ihre gewohnt flippige Art die Lobby wischten. Während sie miteinander sprachen, klickten Vincents Knochen in den Alarmmodus. Er blickte zur Decke hinauf. Florence stand direkt unter dem Kronleuchter, den Max als Schaukel benutzt hatte.

»Das ist es!« Vor Vincents innerem Auge riss die Kette. Verkeilte Elchgeweihe splitterten. Explodierende

Glühbirnen regneten wie Diamanten herab. Und Florence wurde darunter begraben, unter dem gefallenen Kronleuchter schauten nur noch ihre türkisfarbenen Stiefel hervor wie bei der Bösen Hexe des Ostens im *Zauberer von Oz*.

Vincent – den Schuh der alten Dame noch in der Hand – raste durch die Lobby, um sie zu retten.

»FLORENCE!«, schrie er. **»FLORENCE!«**

Florence drehte sich gerade noch rechtzeitig um, während Vincent auf dem noch nassen Boden ausrutschte und wie eine Bowlingkugel mit ausgestreckten Armen auf sie zugeschossen kam. Rechtzeitig, um ihn zu sehen, aber leider nicht mehr rechtzeitig, um zu reagieren.

»Aiiiii!«

Vincent krachte in Luz, Tracee und Florence hinein.

Volltreffer! Alle drei fielen um wie die Kegel.

»Aua, mein Mabungo!«, schrie Luz und rieb sich den Hintern, während sie versuchte, ihre Beine aus dem Knäuel der Gliedmaßen zu befreien. »Vincent, wieso du machst das? Wie ich soll mit eine gebrochene Mabungo Milly Rock tanzen?«

»Autsch, mein Knie!«, jammerte Tracee. »Mit verbeulte Knie geht kein Crispy Duck!«

Florence, erstaunlich unverletzt, half Luz und Tracee auf die Beine. Sie ließ Rollstühle und Kühlpacks bringen und schickte die beiden zu Dr. Nelson in die Hotelklinik. Und obwohl nichts gebrochen war, bestand sie darauf, dass sie den Rest der Woche freinahmen.

»Es tut mir so leid, Florence«, sagte Vincent, ohne erklären zu können, warum er gerade wie ein Irrer durch die Lobby gerast war.

»Mach dir keine Sorgen. Unfälle passieren. Auch im The Grand.«

Doch Vincent sah, dass Florence fuchsteufelswild war. Gleich zweimal an einem Tag? Wer wäre das nicht? Was sie eigentlich sagen wollte, war: *Hör zu, Vincent, mach deine Arbeit, und lass mich meine machen!* The Grand zu führen war schon ohne seine Störmanöver schwierig genug.

Florence kehrte zu ihren Pflichten am Empfang zurück. Vincent hob den Schuh der alten Dame auf und kehrte zu seinem Sessel zurück. Doch als er dort ankam, war die alte Dame verschwunden. *Sie muss barfuß davongehoppelt sein!* Vincent erstarrte. Er war so abgelenkt gewesen, dass er sie nicht mal nach ihrem Namen oder dem Zimmer gefragt hatte. Wie sollte er ihr jetzt den Schuh zurückgeben?

Für den Rest des Tages versuchte Vincent, sein schlechtes Gewissen zu zerstreuen, indem er sich in die Arbeit stürzte. Am frühen Abend hatte er den Schuhberg, der sich angesammelt hatte, endlich abgearbeitet, und der Horror des Tages schwand allmählich. Doch Vincent war immer noch beunruhigt. Wie sollte das weitergehen? Florence vor allem und jedem zu schützen war unmöglich. Er war voller blauer Flecken von all den Stürzen und völlig erschöpft von der ständigen Alarmbereitschaft. Auch seine eigene Arbeit musste ja getan werden. Die Antwort war: Es blieb ihm keine andere Wahl. Er packte zusammen und ging nach Hause. Morgen, nach einer guten Nachtruhe, würde er der Sache besser gewachsen sein.

KAPITEL 17

Die Zukunft aufhalten – Woche zwei

Die nächsten paar Tage verliefen ähnlich. Jedes Mal wenn Florence die Lobby verließ, hielt Vincent in dem, was er tat, inne und beschattete sie, allzeit bereit, sie vor allem und jedem zu schützen. Doch nichts geschah. Das Einzige, was Florence zustieß, waren Vincents Versuche, sie vor eingebildeten Gefahren zu retten.

Der Schuhberg neben Vincents Sessel wuchs und wuchs und mit ihm die Beschwerden der Gäste über Wichse in der falschen Farbe, schlecht ausgeführte Reparaturen oder – schlimmer noch – Schuhe, die verloren gingen.

Vincent wurde immer zerstreuter, und die Geschichten, die sein Verhalten rechtfertigen sollten, wurden immer abstruser.

Während Vincent in der ständigen Angst lebte, Florence könnte etwas Schlimmes zustoßen, wurde auch Florence immer besorgter. Vincent hatte sich vom besten Freund in jemanden verwandelt, den sie nicht mehr verstand. Als er anfing, war er der beste Schuhputzer gewesen, den The Grand jemals hatte, und nun war er der schlechteste. Florence begann, die Begegnungen mit ihm zu fürchten. Was sollte sie tun? Es war ihre Aufgabe, The Grand so zu führen, wie es einem Haus dieser Größenordnung angemessen war. Vincent vermasselte nicht nur seinen Job, er vermasselte auch ihren.

Florence' Schlaflosigkeit verschlimmerte sich. Bis weit nach Mitternacht lag sie wach und grübelte. In solchen Situationen wünschte sie, ihre Mum und ihr Dad wären da. Die würden wissen, was zu tun war. Doch sie jagten am Horn von Afrika einem Wildesel hinterher und hatten seit Wochen kein Netz. Schließlich vertraute sie sich Dr. Maabootte an.

»Ich wünschte, ich könnte dir helfen, Florry, aber mein Fachgebiet sind Elefanten. Zelda und ich haben keine Kinder, deshalb kann ich schlecht sagen, was im Kopf eines Elfjährigen vorgeht. Und ich bin zu alt, um mich zu erinnern! Aber eins kann ich dir sagen, dieser Junge liebt dich wie seine eigene Familie. Er würde weder dir noch dem The Grand jemals Schaden zufügen.«

Florence wusste nur zu gut, dass das stimmte. Aber das machte die Sache nur noch schwieriger.

»Warum fragst du ihn nicht einfach, was mit ihm los ist?«, schlug Dr. Maabootte vor.

Und als sie am nächsten Tag beim Mittagessen auf der Plattform für Waghalsige saßen, tat sie genau das.

»Ist alles in Ordnung, Vincent?«

»Natürlich!«, murmelte er durch ein gezwungenes Lächeln hindurch.

»Na komm schon, Vincent. Wir beide wissen, dass du nicht so bei der Sache bist wie sonst. Kaum drehe ich mich um, stehst du neben mir. Du bist fast nie auf deinem Posten.«

Vincent entschuldigte sich. Er erfand Geschichten über Probleme zu Hause, über schwierige Gäste und so weiter und so fort. »Aber ich verspreche dir, Florence, dass ich die Situation in den Griff kriege. Du brauchst dir keine Sorgen zu machen. Ich reiß mich zusammen. Ganz bestimmt.«

Florence wusste auch nicht, warum, aber irgendwie überzeugte sie das nicht.

»Du kannst mit mir über alles reden, Vincent. Das weißt du doch, oder?«

»Klar weiß ich das. Ich werde nie meinen ersten Abend im The Grand vergessen, als ich dir von Thom erzählt habe. Du bist die Einzige, mit der ich über solche Sachen reden kann, Florence. Deshalb bist du eine so gute Freundin.«

»Geht mir genauso, Vincent. Und genau deshalb mache ich mir Sorgen. Ich fände es schrecklich, wenn du ein Problem hättest, über das du nicht mit mir reden kannst.«

Nach diesem Gespräch kam Vincent früher zur Arbeit und blieb länger. Der Schuhberg wurde kleiner. Die Beschwerden hörten auf. Aber er konnte das nicht durchhalten. Innerhalb von ein paar Tagen war der Berg wieder angewachsen, und Vincent verursachte noch mehr Chaos, indem er Florence überallhin folgte wie ein böser Traum.

Florence verordnete Vincent, seine Mittagspause im Loslasszimmer zu verbringen, in der Hoffnung, dass ihn das beruhigen würde. Als das auch nichts half, schickte sie ihn zu Dr. Nelson in die Hotelklinik, weil sie vermutete, dass er an der Schwarzseherkrankheit litt. Doch ganz gleich wie sehr Florence beteuerte, dass sie wisse, was sie tat, dass sie dieses Hotel seit Jahren sicher und erfolgreich führe, Vincent bestand darauf, dass sie sich vorsehen müsse. Dass Faultiere durchaus böse werden und sie in Stücke reißen konnten. (Mein Co-Autor lacht sich scheckig!) Und es sei nicht von der Hand zu weisen, dass Babyschildkröten nahe genug mit Piranhas verwandt waren, um sie lebendig zu verspeisen, weshalb sie nie wieder die Hand in den Springbrunnen halten dürfe.

Schließlich war Florence mit ihrer Weisheit am Ende. Sie rief Rupert ins Empfangsbüro. Kaum hatte er die Tür hinter sich zugemacht, brach sie in Tränen aus. Ein

Hotel zu führen ist kein Pappenstiel für eine Elfjährige, auch wenn sie so großartig ist wie Florence.

»Oh, Rupert, ich weiß nicht mehr, was ich machen soll! Ich habe alles versucht, aber Vincent bringt es nicht auf die Reihe. Hast du den Schuhberg neben seinem Sessel gesehen?« Rupert nickte verständnisvoll. »Und ich kann mich vor Beschwerden nicht retten.«

Florence presste sich die Hand an den Mund. Ein letzter Versuch, die Worte zurückzuhalten, die sie gleich sagen würde.

»Ich kann Vincent nicht länger als Schuhputzjungen behalten, aber gleichzeitig ertrage ich den Gedanken nicht, ihn zu verlieren. Er ist mein bester Freund. Ich bringe es nicht fertig, meinen besten Freund wegzuschicken. Aber wie soll ich meine Arbeit machen, wenn er sich dauernd auf mich stürzt?«

Rupert reichte Florence ein Taschentuch und zog sie in eine Umarmung.

»Ach, Florry, ich weiß ja«, sagte er. »Ich weiß, wie hart das für dich ist. Ich liebe Vincent doch auch. Er ist wirklich ein prima Junge. Und so geschickt mit Schuhen! Er ist wir-r-rklich der beste Schuhputzer, den wir je hatten. Nun, er war es. Keine Ahnung, was in ihn gefahren ist, Florry.« Die Spitzen von Ruperts Schnurrbart rotierten, ein bisschen wie eine Satellitenschüssel, die den Nachthimmel scannt.

Rupert legte die Hände auf Florence' Schultern und

sah ihr geradewegs in die Augen. »Aber du weißt genauso gut wie ich, Florry, dass wir unseren Job machen müssen. *Wir* sind das Großartigste Hotel der Welt! Und es ist unsere Aufgabe, dass so viele Leute wie möglich ein bisschen Großartigkeit abkriegen. Unterm Strich ist *das* das Allerwichtigste.«

Florence verstand, was Rupert sagen wollte. Sie hatte keine andere Wahl.

»Aber Vincent liebt The Grand genauso sehr wie wir. Er wird am Boden zerstört sein«, schluchzte Florence. Ihre Brille beschlug. Tränen tropften von ihren Golfballwangen und rollten in den mit Federn verzierten Kragen.

»Ich weiß. Es ist nicht leicht, großartig zu sein, aber du machst das trotzdem ganz großartig, Florry.«

Sie nickte. »Heute Nachmittag werde ich es ihm sagen.«

Auch Rupert wischte sich eine Träne aus dem Augenwinkel. »Du machst das schon r-r-richtig, Florry.«

Sie drückte ihn an sich. »Danke, Rupert.«

Florence wollte die Tür öffnen, aber ein Schwergewicht lehnte sich von außen dagegen und schlug ihr die Tür ins Gesicht.

»Au!«, schrie sie und fasste sich an die Nase. Sie blutete.

Sie senkte den Blick. Vor ihr auf dem Boden lag Vincent.

»Vincent! Was machst du?«

Rupert holte ein Papiertaschentuch und setzte sie auf einen Stuhl. »Leg den Kopf in den Nacken, Florry. Das stoppt die Blutung.«

Vincent rappelte sich hoch.

»Es tut mir so leid, Florence. Du brauchst nichts zu sagen, ich habe alles mitangehört. Ich wollte nicht lauschen. Bitte mach dir keine Vorwürfe. Es ist alles meine Schuld. Es tut mir so leid, dass ich alles verpfuscht habe.«

Florence fing wieder an zu weinen.

Mehr denn je wollte Vincent ihr sein Verhalten erklären. Aber wenn er Florence schon nicht vor der schrecklichen Zukunft bewahren konnte, so wollte er ihr wenigstens ersparen, im Voraus damit belastet zu sein. Mit jenem Wissen, das er tagtäglich mit sich herumtrug. Er hatte das Gefühl, die ganze Welt sei aus Glas und seine Schuhe seien aus Blei. Jedes Atom seines Körpers schmerzte vor Anspannung, sein ganzer Körper summte vor Furcht. Das konnte er Florence nicht antun! Er würde diese Furcht *für sie* tragen. Er musste.

»Bitte nicht weinen, Florence. Bitte!«

»Ich kann nicht anders.« Tränen strömten über ihr Gesicht. »Es tut mir so leid, Vincent.«

»Das muss es nicht. Im The Grand zu arbeiten war das Beste, was mir jemals passiert ist.«

»Ich weiß. Aber das macht es nur schlimmer«, schluchzte sie. »Ich hoffe, wir bleiben Freunde.«

»Natürlich. Nichts kann das ändern, Florence. Gar nichts.« Und sie umarmten sich fest.

»Oh, das hoffe ich so sehr, Vincent. Versprichst du mir, dass du mich besuchen kommst? Und Baby Tommy? Du könntest Thom mitbringen. Und Rose. Die ganze Familie.«

»Versprochen.«

»Du bist für immer mein bester Freund, Vincent. Ganz gleich, was geschieht.«

»Umgekehrt auch«, sagte Vincent, »umgekehrt auch.«

Vincent kehrte zu seinem Sessel zurück, um seine Sachen zu packen.

Florence saß im Büro und heulte, während Rupert ihr den Rücken streichelte. Sie hasste die Vorstellung, das Großartigste Hotel der Welt wieder allein führen zu müssen. Ohne Vincent. Doch was blieb ihr anderes übrig?

Bevor Vincent zusammenpackte, reinigte und reparierte er noch alle wartenden Schuhpaare. Dann sammelte er seine Tuben mit Schuhwichse, Bürsten und Lappen und die Spezialeinlagen, Gels und Sprays ein. Er nahm Min aus seiner Tasche und setzte sie in den leeren roten Sessel. Er zog seine Uniform aus und hängte sie an den Haken. Er liebte seine großartige Uniform. Es war das wunderbarste Kleidungsstück, das er je getragen hatte. Wie sehr er sie vermissen würde! Und sein grünes Neonschild. Und seinen großartigen roten Ledersessel.

Vincent nahm Min und ging ein letztes Mal durch die Lobby. Er sah zu, wie die hundegroßen Ponys mit Kopfputz Knabberzeug und Drinks servierten, ohne je einen Tropfen zu verschütten. Er betrachtete den legendären Blick auf die schneebedeckten Gipfel und die winzigen Finken, die in der Empfangshalle herumflitzten und -flatterten. Und während die Kontrabassspieler an ihren Instrumenten zupften, begriff er erst so langsam, wie sehr er das Großartigste Hotel der Welt vermissen würde.

Alle versammelten sich, um ihn zu verabschieden.

»Für dich, Vincent«, sagte Luz. Sie reichte ihm ein vollständiges Set Tanzpostkarten. »Du bist gut mit Schuhe, aber schlechteste Tänzer, den wir je hatten. Du musst üben, üben, üben. Und denk dran, wenn dir mal schlecht geht, tanz den ›Freu dich das Lebens‹.« Luz streckte die Hände aus, als hielte sie zwei Teller in die Höhe, ließ die Schultern wie Kolben auf und ab wandern und shuffelte hin und her. »Hilft immer.«

»Ich werde üben«, versprach er und umarmte Luz und Tracee.

Als Nächstes verabschiedete er sich von Rupert, der ihn fest in die Arme nahm. »Min ist viel zu sehr an dich gewöhnt, als dass du sie zurücklassen könntest. Du musst sie mitnehmen, hörst du? Sobald sie das Hotelgelände verlässt, wächst sie zwar zu ihrer zwanzigfachen Größe heran, wird aber genauso liebenswert sein.«

Vincent hörte, wie Rupert die Stimme wegblieb. Er würde Vincent sehr vermissen, und Vincent ihn.

»Ich würde ja gern, aber es geht nicht. Thom und Tiere, das verträgt sich nicht.« Auch Vincents Stimme brach. Er küsste Min und reichte sie Rupert.

»Keine Sorge, Waldo liebt Gesellschaft.« Ruperts Taschenhund Waldo und Min handelten grummelnd die neue Platzverteilung in der Tasche aus.

Vincents Augen füllten sich mit Tränen. Der Gedanke, Min nicht mehr jeden Tag sehen zu können, stach ihm ins Herz, und er hatte das Gefühl, alles Blut sinke in seine Beine hinab.

»Du wirst Tommy besuchen kommen, nicht wahr, Vincent?«, sagte Dr. Maabootee und wuschelte ihm das Haar. »Und ein bisschen Hilfe im Elefantenhaus ist immer willkommen.«

»Ganz bestimmt, Dr. Maabootee. Und falls du den richtigen Farbton für diese Sandalen nicht hinkriegst, Zelda, dann bring sie einfach runter nach Barry. Ich mach das schon.«

»Wirklich? Komm her, Vincent, und lass dich drücken.« Als Zelda ihn umarmte, brandete ein Ozean an Gefühlen in ihm auf. Trauer darüber, dass sein Großvater nicht mehr lebte, dass er Min zurücklassen musste und nicht länger Schuhputzjunge im Großartigsten Hotel der Welt war. Dazu die Sorgen wegen Thom und der Familie. Und am schlimmsten: die Ängste, die er um Florence ausstand, und die schreckliche Vision dessen, was passieren würde.

Vincent kämpfte, konnte aber die Tränen nicht länger zurückhalten. Er fing an zu weinen. Wenn er den anderen nur erklären könnte, warum er sich wie ein Vollidiot benommen hatte. Er wollte ihnen sagen, was er gesehen hatte und dass sie auf Florence aufpassen mussten. Danach würde er sich besser fühlen, aber ihnen würde das nicht helfen.

»Wird schon werden, Vincent«, tröstete ihn Zelda und drückte ihn noch einmal. »Ich spür das in meinen alten Knochen. Ich weiß, dass du The Grand vermissen wirst, und The Grand dich noch viel mehr. Aber Gutes entsteht aus Schlechtem. Man weiß nie, was die Zukunft für einen bereithält.«

Oh doch, ich weiß es! Vincent hätte es am liebsten hinausgeschrien. DOCH, ICH WEISS ES!

Als Vincent die Auffahrt hinunterging, die zerbeulte, alte Schuhputzkiste in der einen, den Schemel in der anderen Hand, merkte er nicht einmal, dass er von der Straße abgekommen war. Plötzlich fand er sich auf dem Schrottplatz für kaputte und begrabene Träume wieder. Erst jetzt kam ihm so richtig zu Bewusstsein, dass seine Zeit im Großartigsten Hotel der Welt zu Ende war. Bisher hatte er nie begriffen, was der Schrottplatz für kaputte und begrabene Träume mit dem The Grand zu tun hatte. Jetzt wusste er es. Er ging herum und sammelte Steine und Totholz und gelben Löwenzahn. Dann kniete er sich hin, säuberte ein Fleckchen vom wilden Gras und errichtete einen kleinen Schrein. Er suchte die Tube mit der türkisfarbenen Schuhwichse heraus und legte sie vorsichtig obendrauf. Instinktiv schloss er die Augen und strengte sich an, den Traum, Florence vor den Schrecken der Zukunft zu retten, loszulassen.

Nicht, weil er sie nicht retten wollte, sondern weil er wusste, dass er es nicht konnte.

Und dann stand Vincent auf und schritt durch das Tor hinaus aus dem Großartigsten Hotel der Welt.

KAPITEL 18

Zu Hause

Aufzuwachen und nicht ins Großartigste Hotel der Welt zu gehen war vermutlich das schrecklichste Gefühl der Welt. Vincent lag da und starrte auf die Girlanden aus abblätternder Farbe, die von der Decke hingen. Vor seiner Arbeit im The Grand war Vincent immer schlecht aus dem Bett gekommen, doch The Grand hatte alles verändert. Jeden Morgen sprang er los wie ein glücklicher Frosch im ersten Plitsch-Platsch eines warmen Sommerregens.

Plötzlich wurde er erwartet!

Plötzlich hatte er etwas zu tun!

Plötzlich war er jemand!

Er war der Schuhputzjunge des Großartigsten Hotels der Welt!

Doch jetzt war er wieder der ganz gewöhnliche Vincent. Er hatte das Gefühl, sein riesiger Eisturm sei eingestürzt und in einem Haufen Elefantenkacke gelandet.

Rose streckte den Kopf zur Tür herein. »Wie heißt das noch gleich, wenn man kriegt, was man verdient hat? Moment, gleich fällt's mir ein. Karma! Das ist es. Wenn du mich mitgenommen hättest, wäre das nicht passiert.«

»Hau ab, Rose.« Vincent drehte sich mit dem Gesicht zur Wand. »Du hast keine Ahnung, wovon du redest. Karma gibt es nicht. Das weiß ich zufällig genau. Ständig passieren guten Menschen schlimme Dinge. Das ist einfach so.«

»Na schön, dann eben kein Karma. Vielleicht haben sie ja gemerkt, wie *gewöhnlich* du bist, Vincent. Ich verstehe nicht, warum sie nicht gleich mich genommen haben. Großartig liegt mir. Schließlich bin ich Schauspielerin!«

»Ich weiß auch nicht, Rose«, erwiderte Vincent kühl. »Könnte es daran liegen, dass du erst sieben bist? Oder daran, dass du REIN GAR NICHTS von Schuhen verstehst?« Vincent drehte sich um und sah sie an. »ODER VIELLEICHT, WEIL DU ÜBERALL MIT DIESER EKLIGEN ALTEN DECKE RUMRENNST!«

Rose' Kinn zuckte und zitterte, während sie versuchte, nicht zu weinen.

Augenblicklich bereute Vincent, dass er die Geduld verloren hatte. Aber es war nicht mehr zu ändern.

Seine Mum kam ins Zimmer. »Was ist los?«

»Nichts«, murmelte Vincent. Er hatte sich das Kissen übers Gesicht gezogen.

»Rose, lass deinen Bruder in Ruhe. Für jemand, der

Schauspielerin sein will, zeigst du gerade wenig Feingefühl.«

»Aber das war meine große Chance auf einen Durchbruch, und ER HAT SIE VERMASSELT!«

»Das reicht, Rose. Ich sagte: Lass ihn in Ruhe.«

»Es war nicht DEINE große Chance für irgendwas«, blaffte Vincent.

»Hört sofort auf, ihr beiden! Ihr wisst, wie diese Schreierei euren Bruder aufregt.«

»Ach ja. Ganz vergessen. Thom ist der Einzige, der in diesem Haus schreien darf.«

»Rose!«

»MARILYN! Rose ist dieses arme Mädchen, das einen Irren als Bruder hat. Ich bin Marilyn. Ich bin ein Filmstar, und ich HABE keine Brüder!« Rose wirbelte ihr Cape herum und stapfte in ihren hochhackigen, fluffigen Plastikschläppchen davon.

Vincent wusste, wie Rose zumute war. Zu Hause drehte sich immer alles nur um Thom. Er hatte vergessen, wie mies und unsichtbar man sich dabei fühlte.

Vincent kam tagelang nicht aus seinem Zimmer.

Er sprach nur, wenn er angesprochen wurde.

Er aß kaum etwas.

Und die immer gleichen Gedanken kreisten in seinem Kopf wie ein Popsong. *Ich habe es vermasselt. Ich habe Florence alleingelassen. Ich hätte eine Möglichkeit finden müssen, sie zu retten. Ich hab alles falsch gemacht.*

Und jeden Tag fühlte Vincent sich ein wenig schlechter als am Tag davor. Es wurde so schlimm, dass selbst Rose versuchte, ihn aufzumuntern. Sie kam mit ihren Steppschuhen in sein Zimmer und tanzte um sein Bett.

»Das ist ein spezieller Tanz, Vincent«, verkündete sie und wedelte ihr Cape auf und ab wie Vogelschwingen. »Ein uralter Tanz, der deine Seele heilen wird.«

Tapp. Tapp. Tapp. STAMPF! Tapp. Tapp. Tapp. STAMPF! Tapp. Tapp. Tapp. STAMPF!

Vincent sah keinen Unterschied zwischen diesem Tanz und all den anderen. Aber er schätzte die Geste.

»Danke«, sagte er. »Ich fühle mich schon ein bisschen besser.«

»Das ist gut!«, erklärte Rose sichtlich erfreut. »Dann ist das der richtige Moment, um dir zu sagen, dass ich den Roller verloren habe, den Dad für dich beim Gemeindeflohmarkt gefunden hat.«

»WAS?«

»Gib nicht mir die Schuld. Ich war's nicht!«, kreischte Rose und flüchtete aus dem Zimmer. »Ich hab ihn nur im Park gelassen, und ein Dieb hat ihn gestohlen.«

Vincent sprang aus dem Bett und preschte hinter Rose her in die Küche. Ihre Mum stand am Herd und kochte Eier. Thom lag auf dem Boden wie ein schlafender Schneeengel, während Erik Saties Gymnopédie Nr. 1 durch den Raum schwebte. Rose sprang über Thom hinweg und um den Tisch herum, offensichtlich genoss sie die Jagd. Vincent hinter ihr her.

»Vincent! Rose! Hört sofort auf.«

»ICH BRING DICH UM, ROSE!«, brüllte Vincent.

»Sie hat meinen Roller verloren!«

»Tja. Und Thom hat deine Postkarten aus dem The Grand zerrissen.«

Vincent ließ von Rose ab. Er sah seine Mutter an. »Sag, dass das nicht stimmt.«

»Nicht alle, Vincent. Ein paar konnte ich retten. Und die anderen können wir wieder zusammenkleben. Ich hab alle Teile aufgehoben«, sagte sie und versuchte, ihn zu trösten. »Sei nicht böse auf Thom, Vincent. Es ist nicht seine Schuld, dass er nicht versteht.«

Aber Vincent war böse. Er war fuchsteufelswild.

Er ging zu Thom, der nicht mal bemerkt hatte, dass er wie ein Hindernis beim Ponyrennen benutzt worden war. Vincent schnaubte vor Wut. Dann kickte er Thom ins Bein. Thom schrie auf. Vincent sah genauso geschockt aus wie Thom.

»VINCENT!«, kreischte seine Mutter. »Wie kannst du bloß? Du bist sein großer Bruder. Wann benimmst du dich endlich wie einer?«

»Wozu?«, sagte Vincent verächtlich. »Er weiß ja nicht mal, dass er einen großen Bruder hat!«

Vincent ging hinaus und knallte die Haustür hinter sich zu. Er rannte die Standard Street hinunter. Und er rannte weiter, bis er sich am Bahnhof von Barry wiederfand.

Genau dort, wo alles begonnen hatte.

Vincent setzte sich auf eine Bank. Es war Berufsverkehr, die Leute strömten vorbei, um nach Hause aufs Sofa zu kommen und endlich aus ihren Schuhen zu schlüpfen. Vincents alter Platz neben dem Snack-Automaten war leer. Er erinnerte sich an seinen ersten Tag als Schuhputzer und wie glücklich er gewesen war. Alles, was er damals wollte, war genug Geld für eine Tüte Salz-und-Essig-Chips und einen Sportdrink, der einen blauer pinkeln ließ als das Freibad von Barry. Er erinnerte sich an den dicken Mann, seinen ersten zufriedenen Kunden. Und an das wunderbare Prickeln. Vincent hatte fast vergessen, wie sehr er Schuhe liebte. So vieles war passiert. Er fühlte sich, als habe er einmal die Erde umrundet und dann gleich noch einmal. Sein Großvater hatte recht gehabt. Die Schuhputzkiste besaß Zauberkraft. Doch jetzt gerade war ihm nicht so glücklich zumute. Wie hatte sich das Beste, was ihm je passiert war, in das Schlechteste verwandeln können?

Als die letzten Pendler sich durch die Sperre drängten, stand Vincent auf und ging nach Hause. Als Erstes umarmte er seine Mum und entschuldigte sich, dass er Thom getreten hatte. Das gehörte sich so. Er liebte Thom, aber manchmal hasste er ihn auch. Dann ging er in sein Zimmer und holte seine Schuhputzkiste unter dem Bett hervor. Er überprüfte seine Bürsten und die Tuben mit Schuhwichse, dann legte er sie ordentlich in die Kiste. Er hatte beschlossen, morgen früh zum Bahnhof zu gehen und sein Geschäft wieder zu eröffnen. Das würde ihn wenigstens ablenken.

In den folgenden Wochen wurde er immer bekannter. Es sprach sich in der ganzen Stadt herum, dass er jeden Farbton exakt mischen konnte. Damen standen Schlange, um Spezialeinlagen für ihre Lieblings-High Heels zu kaufen. Und die Arbeiter von FishyKittys kamen in Scharen, um sich sein Spezialspray zu besorgen, damit ihre Stiefel nicht länger nach fauligem Fisch rochen. Und manche ihrer Angetrauten kauften es auch. Sie sagten, sie sprühten ihre Männer oder Frauen damit ein, wenn sie aus der Fabrik kamen, und es wirke Wunder. Der *Barry Tagesanzeiger* schickte sogar einen Reporter, der über ihn berichtete. Ein ganzseitiger Artikel erschien mit einem Foto von Vincent, wie er auf seinem Schemel neben dem Snack-Automaten gerade den Stiefel eines Fabrikarbeiters einsprühte. In der Überschrift hieß es, die Senkung der Scheidungsrate in Barry sei vermutlich auf Vincents Fruchtiges Fußdeo zurückzuführen.

Dann erschien eines Tages, als Vincent gerade einen Cowboystiefel reparierte, eine Dame.

»Vincent! Bist du das? Was für eine wunderbare Überraschung!«

Ihr Gesicht kam Vincent bekannt vor, ihm wollte aber partout nicht einfallen, wer sie war. Inzwischen schien ihn jeder in Barry zu kennen – erst recht seit dem Foto in der Zeitung.

»Ich bin's, Aprils Mum aus dem Großartigsten Hotel der Welt.«

»Ach, natürlich!« Vincent stand auf. »Jetzt erinnere ich mich. Wie geht es April?«

»Bestens. Ich bin ja so froh, dass ich dich getroffen habe. Ich wollte dir immer schon für die Einlagen danken. Seit einem halben Jahr läuft sie ohne meine Unterstützung und spielt in der Schule sogar Fangen mit den anderen. Sie hat wieder Selbstvertrauen gefasst.«

»Das sind großartige Neuigkeiten!«, sagte Vincent.

»April ist noch jung, aber sie hat schon viel kämpfen müssen. Und sie hat, fürchte ich, noch einiges vor sich.«

Vincent nickte. April tat ihm furchtbar leid. Sie war so ein nettes Mädchen. »Bitte sagen Sie ihr einen schönen Gruß von mir.«

»Das mache ich. Sie würde mich umbringen, wenn sie wüsste, dass ich aus dem Nähkästchen plaudere, aber ich glaube, sie war ein bisschen verschossen in dich, Vincent. Sie spricht immer noch von dir. Sie sieht dich als eine Art großen Bruder. Den hat sie sich schon immer gewünscht. Auf jeden Fall haben wir dir viel zu verdanken. Aber jetzt muss ich los, sonst verpasse ich meinen Zug. Vielen Dank noch mal, Vincent. Tschüss.«

Aprils Mutter ging durch die Sperre und verschwand in der Menge.

Vincent setzte sie auf den Schemel seines Großvaters. Er dachte darüber nach, dass jeder eine Geschichte mit sich herumtrug, auch wenn man es ihm nicht gleich ansah. Doch bei genauem Zuhören spürte man es. Und dann überkam ihn ein seltsames Gefühl. Es war, wie wenn an einem frostigen Tag die Wolke, die die Sonne verdeckt hat, plötzlich abzieht und Licht und Wärme deine Haut treffen. Es fühlte sich an, als habe der Himmel sich geöffnet.

Es geht nichts ums Wissen!

Es geht ums Sein!

Thom muss nicht wissen, dass ich sein großer Bruder bin.

Ich bin sein großer Bruder, ob er es weiß oder nicht.

Vincent nahm seinen Notizblock und kritzelte ein paar Entwürfe darauf. Von da an arbeitete er in den Pausen zwischen Kunden an einem Paar Stiefel für Thom – genau solche, wie Florence sie hatte. Er dachte sich, wenn Thom Musik an den Zehenspitzen hätte, würde ihn das glücklicher und ruhiger machen. Das Leder sollte, so entschied er, gelb sein wie The Grand. Und statt Bach würde er die Stiefel so programmieren, dass sie Erik Saties Gymnopédie Nr. 1 spielten. Thoms Lieblingsstück.

Nach wochenlangem Schneiden, Nähen, Klammern und Kleben waren Thoms Stiefel endlich fertig. Vincent konnte es kaum erwarten, sie ihm zu überreichen. Er machte früher Schluss und rannte nach Hause. Als er ankam, stand Thom am Küchentisch und versuchte, ein Ei zu schälen.

»Hi, Thom«, sagte Vincent. In seiner Stimme lag eine Spur Erregung, das erste Mal, seit er The Grand verlassen hatte. »Ich hab was für dich!«

Thom blickte nicht auf. Er schälte weiter sein Ei.

Unbeirrt hielt Vincent die brandneuen gelben Stiefel hoch. »Stiefel, Thom.« Vincent zeigte nach unten. »Für deine Füße.«

Thom sah ihn verständnislos an.

»Hier. Ich helfe dir.« Während Thom weiter die Schale von seinem Ei pulte, zog Vincent ihm die Schuhe aus, streifte ihm die Stiefel über und zog die Reißverschlüsse hoch. Er drückte vorne an den Zehen. Sie passten perfekt.

»Thom, geh mit mir«, sagte er und nahm Thoms Hand.

Thom schob sich das Ei in den Mund und ließ sich von Vincent um den Tisch führen. Als er die Musik hörte, leuchteten seine Augen auf wie die Blinklichter an den Stiefeln. Kreischend hüpfte er auf und ab, was er nur tat, wenn er wirklich begeistert war. Vincents Mum und Dad kamen in die Küche, um zu sehen, was los war.

Und dann tat Thom, was er noch nie getan hatte.

Er umarmte Vincent.

Es war keine lange Umarmung, nur eine ganz flüchtige. Aber definitiv eine Umarmung.

Keiner konnte es glauben.

Vincent hatte Tränen in den Augen. *Ich liebe dich, Thom.* Er hatte das Gefühl, noch nie so glücklich gewesen zu sein wie in diesem Moment. Und das war mit Sicherheit das großartigste Gefühl auf der Welt.

»Ich glaube, er mag sie«, sagte Vincents Mum und legte ihm den Arm um die Schulter.

»Ja, glaub ich auch«, sagte Vincent.

Thom liebte seine Stiefel so sehr, dass er sich weigerte, sie auszuziehen. Nicht einmal, wenn er ins Bett oder in die Badewanne ging. Aber natürlich konnte er nicht allzu lange ungebadet bleiben. Deshalb packte seine Mum sie in Plastiktüten, die sie mit Gummis befestigte, damit sie durch die Nässe nicht ruiniert wurden. Und sie entwickelten eine spezielle Technik, bei der Thom sich rückwärts vom Wannenrand fallen ließ wie ein Taucher von einem Boot, sodass seine Stiefel herausragten und trocken blieben.

Und obwohl Vincent meinte, nicht allen Verdienst für sich beanspruchen zu können, wurde von da an einfach alles besser. Das Strahlen kehrte in die Augen von Mum und Dad zurück, und sie konnten die Tage wieder genießen, statt sie möglichst schnell hinter sich zu bringen. Das kam vor allem auch daher, dass es dank des Geldes, das Vincent mit Schuhputzen verdiente, endlich möglich wurde, Thom von dem Spezialisten in der Stadt behandeln zu lassen. Der erklärte ihnen, woran Thom litt und wie ihm zu helfen war. Seither setzte Vincents Mum sich jeden Tag mit Thom hin und versuchte, ihm Sprechen beizubringen. Und die vielen simplen, aber extrem komplexen Handlungen, die die meisten Menschen beherrschen, ohne sie bewusst erlernt zu haben. Zum Beispiel, wie man die Gefühle anderer Leute an ihrem Gesicht ablesen kann. Oder wie man richtig spielt und wartet, bis man an der Reihe ist. Alle diese Dinge waren echt schwer für Thom, und das war auch der Grund, warum er immer wieder seine Ausraster bekam. Er war frustriert und furchtsam. Die Welt blieb ihm unverständlich, und das machte ihm Angst.

Eines Abends lag Vincent im Bett und zog die alte Schuhschachtel mit den zusammengeklebten Postkarten aus dem The Grand hervor. Er blätterte sie durch, wie er es so oft tat. Er dachte dann an Zelda und Dr. Maabootee und Rupert.

Und an Florence.

Trotz aller Versprechen, dass sie Freunde bleiben und sich wiedersehen würden, hatte Florence sich nie gemeldet. Vincent sagte sich, dass sie vermutlich zu beschäftigt war. The Grand zu führen war eine gigantische Aufgabe. Das hatte er ja selbst gesehen. Aber er konnte die Schuld nicht allein ihr zuschieben. Sie hatte sich nicht gemeldet, aber er ja auch nicht. Offen gestanden war ihm der Gedanke, ins The Grand zurückzukehren, zu schmerzhaft. Obwohl er schrecklich gern von den Fortschritten zu Hause berichtet und Baby Tommy und Min besucht hätte, brachte er es einfach nicht fertig. Zur Familie des The Grand zu gehören und dann *nicht* mehr dazuzugehören tat einfach zu sehr weh. Er wusste, dass er eines Tages zurückkehren würde, aber jetzt noch nicht. Er ertrug es einfach nicht. Also packte er zusammen mit den Postkarten alle seine Erinnerungen an Florence, The Grand und die schreckliche Vision wieder in die Schachtel und schob sie zurück unters Bett.

Da streckte Vincents Mum den Kopf ins Zimmer. »Ein Brief für dich«, flötete sie und schwenkte ein Kuvert.

Vincent erkannte die kleine Zeichnung des Hotels in der linken unteren Ecke sofort. Es war das offizielle Briefpapier des The Grand. Blitzschnell war er auf den Beinen und schnappte sich den Umschlag. Er wartete, bis seine Mutter wieder draußen war, bevor er den Umschlag öffnete.

Lieber Vincent,
wir dachten, Du würdest Dich über ein Bild von Tommy freuen.
Er lernt jetzt, seinen Rüssel zu gebrauchen. Er kann

damit schon Sachen aufheben und sie sich in den Mund stecken. Und er kann sich kratzen, wenn es ihn juckt. Tommy wiegt schon gut über Hundert Kilo – das Gewicht, das er eigentlich bei seiner Geburt hätte haben sollen. Winnie ist eine wunderbare Mutter und kümmert sich rührend um ihn. Wir hoffen, dass Du uns bald besuchen kommen wirst. Zelda meint, ihre Sandalen hätten eine Politur dringend nötig, aber wenn Du nicht zu uns raufkommst, wird sie Dich unten besuchen. Im The Grand herrscht Hochbetrieb, wie immer im Sommer. Alles Liebe für Dich und Deine Familie, Vincent.
*Zelda und Dr. Maabootte*e

Vincent sah sich das Foto von Tommy an. Er hatte große Augen und drahtige schwarze Babyhaarbüschel auf dem Kopf. Vincent war überzeugt, dass es nichts Niedlicheres geben konnte. Und er, Vincent, hatte dazu beigetragen, ihn auf die Welt zu bringen! Genau in dem Moment kam Thom ins Zimmer. Er lehnte sich gegen Vincents Bett und betrachtete das Foto.

Vincent deutete auf den Elefanten. »Schau, Elefant! Weißt du noch? Er heißt Tommy, genau wie du.«

Thom griff nach dem Bild. Er sah es sich genau an. »Tom«, sagte er dann.

Mit einem Ruck setzte Vincent sich auf. *War das ein Huster, oder hat er gerade Thom gesagt?*

Vincent stupste Thom mit dem Zeigefinger in die

Brust. »Thom.« Dann deutete er auf den Elefant. »Tom. Wie du.«

Thom stupste sich selbst. »Thom«, sagte er. Er deutete auf den Elefant und sagte es noch einmal: »Tom.«

Das war kein Huster!

»MUM! DAD! KOMMT SCHNELL! THOM HAT GESPROCHEN! ER HAT WAS GESAGT!«

Seine Eltern kamen ins Zimmer gestürzt.

»Thom hat gerade seinen Namen gesagt. Schaut her.«

Vincent deutete auf Thom. »Thom.«

Thom sah Vincent an. Er stupste sich mit dem Zeigefinger an die Brust. »Thom«, sagte er.

Vincents Mum und Dad schnappten nach Luft. »Gut gemacht!«, schrie Vincents Mum und klatschte. »Richtig! Du bist Thom! Gut gemacht!«

Thom sagte es noch einmal. Er freute sich daran, die Laute mit den Lippen zu formen, und an dem Applaus, der folgte. Vincents Mum und Dad legten die Arme um ihn und drückten ihn fest. Ihre Augen weiteten sich vor Glück. Thom wand sich aus ihrer Umarmung, hüpfte wie ein Känguru herum und sang: »Thom, Thom, Thom, Thom.«

Dann wickelten Vincents Mum und Dad ihre Arme um ihn, und die drei umarmten sich lachend.

Da wusste Vincent, was das war.

Die Vision! Es ist die Zukunft! Die Zukunft ist eingetreten. Sie ist da!

KAPITEL 19

Die Zukunft

Als Vincent am nächsten Morgen erwachte, war seine Brust so schwer, als habe jemand sämtliche Bände der Enzyklopädie darauf gestapelt. Und er hatte dieses Gefühl, als säße er im ersten Wagen einer Achterbahn und würde eine fast senkrechte Steigung hinaufgezogen. Der Mechanismus klickte, während das Kabel die Wagen zum Gipfel zog. Das Schwanken im Wind, der Blick ins Nichts, wenn die schmale Spur nicht länger nach oben führt, sondern plötzlich vor einem abfällt.

Vincent packte am Bahnhof gerade seine Tuben aus, als er Rupert auf sich zukommen sah. Sein Magen sackte durch.

»Vincent!«, sagte er und versuchte fröhlich zu klingen, aber es war klar, dass etwas nicht stimmte, ganz und gar nicht stimmte. Ruperts sonst so enthusiastischer Gang war lahm. Die Spitzen seines lächelnden Schnurrbarts hingen traurig herab.

»Was ist los? Was ist passiert? Ist es Florence?«

Rupert nickte. »Ich fürchte, ja. Sie möchte dich sehen.«

Vincent warf seine Tuben und Bürsten in die Kiste, schnappte sich den Schemel und sprang in das wartende Auto.

Während der Fahrt auf den Berg berichtete Rupert, was geschehen war. An dem Tag, an dem Vincent The Grand verlassen hatte, war Florence krank geworden. Erst hatte Dr. Nelson gedacht, es sei eine schwere Grippe. Und dann, als es nicht besser wurde, befürchtete er etwas Ernsteres, vielleicht eine Lungenentzündung. Doch Florence ging es nicht besser. Ihr Zustand verschlimmerte sich. Dr. Nelson ordnete eine Reihe von Untersuchungen an.

Und dabei fanden sie ihn.

Einen Tumor.

Einen Tumor? Vincents Hirn tickte und tackte über dem Wort wie ein Geigerzähler über einem Klumpen Uran. Man musste ihm nicht erst sagen, dass das schlimm war. Richtig schlimm.

»Hat sie Schmerzen?«

Rupert nickte. »Ein bisschen.«

Den Rest der Fahrt verbrachten sie schweigend.

Als sie durch das Tor des Hotels fuhren, war Vincent überwältigt von der Großartigkeit des Gebäudes. Er hatte vergessen, wie schön es war. Sein Geist konnte die Gegensätzlichkeit nicht fassen. Wie konnte hier etwas so Schreckliches passieren? Wie war das möglich?

Rupert brachte ihn direkt in die Hotelklinik. Bevor sie eintraten, warnte er Vincent: »Mach dich darauf gefasst, dass Florry sehr krank ist. Sie sieht nicht mehr aus, wie du sie in Er-r-rinnerung hast.«

Vincent nickte. Das machte ihm nichts, er wollte sie bloß sehen.

Florence' Zimmer war dunkel. Das einzige Licht war eine kleine Nachttischlampe und die blinkenden Maschinen, die Wache hielten.

Piep … piep … piep.

Florence lag flach auf dem Bett. Ihre geschlossenen Augen hatten dunkle Ringe und waren eingesunken. Ein Schlauch führte in ihre Nase. Ein anderer war mit Pflaster an ihren dünnen Arm geklebt. Ihr winziger Körper war in ein rotes afrikanisches Tuch mit Elefanten gehüllt. An ihrem Hals hatte sich Emerson zusammengerollt. Rupert trat ans Bett, aber Vincent blieb zurück. Es war erschreckend, sie so zu sehen. Sie war kaum wiederzuerkennen. Und so klein.

Rupert beugte sich hinunter und flüsterte ihr ins Ohr. »Ich bin's, Florry. R-r-rupert.«

Florence bewegte sich, aber die Augen blieben geschlossen. »Was Neues von Mummy und Daddy?«

»Noch nicht, Liebes. Aber hier ist jemand, der dich sehen möchte.«

Vincent sah, wie sie kämpfte, nur um die Lider zu heben.

»Vincent«, flüsterte sie.

Er nahm ihre Hand und drückte sie vorsichtig. Reden fiel ihm schwer. Alles sah genauso aus wie in der Vision.

»Du bist gekommen.«

»Natürlich.«

»Entschuldige, dass ich mich nicht gemeldet habe«, sagte Florence. Ihr Atem ging kurz und schwach.

»Ich muss mich entschuldigen«, sagte er und presste ihre Hand an seine Wange. »Ich hätte kommen sollen. Ich wollte auch. Jeden Tag. Aber …«

»Ich weiß. Aber jetzt bist du da.«

»Es tut mir so leid, Florence. Ich habe alles vermasselt. Ich hätte dich nicht alleinlassen dürfen.«

»Mach dir keine Vorwürfe. Ich war es schließlich, die dich weggeschickt hat.«

»Du hattest keine andere Wahl. Ich hab alles verpfuscht. Schlimmer noch, als du denkst.«

Um nicht loszuheulen, bohrte Vincent seine Fingernägel in die Handfläche seiner geballten Faust. Er musste jetzt stark sein, für sie. Er sah weg und fixierte den Blick auf das Nachtkästchen. Dort standen eine Vase mit frischen gelben Blumen, ein nicht angerührtes Tomatensandwich und ein Räucherstäbchen, das nach Lakritz duftete.

»Von Zelda«, erklärte sie. »Und das Tuch. Traditionelle afrikanische Medizin. Sie nennt es *muti.*«

»Was ist mit deinen Eltern. Sind sie zurück?«, fragte Vincent.

»Nein. Sie stecken in einem Bürgerkrieg fest. Irgendwo in Asien. Sie können nicht raus, aber ich hoffe, sie kommen bald.«

Vincent drückte Florence' Hand. Sie tat ihm so leid.

»Und das Hotel?«

»Rupert tut, was er kann. Und die anderen packen mit an. Aber er kann nicht viel länger seinen und meinen Job gleichzeitig machen. Ich muss unbedingt wieder gesund werden.«

Florence war mal wach, mal abwesend. Vincent fühlte, wie die Dunkelheit herandrängte. Er wünschte, er hätte einen Weg gefunden, seine Arbeit zu tun und zugleich Florence zu retten. Er verfluchte sich, dass er ins Spiegel-der-Zukunft-Zimmer gegangen war. Hätte er das nicht getan, wäre es dann anders gekommen? Er hatte irgendwie das Gefühl, alles sei seine Schuld.

Vincent sah Florence an.

»Ich kann es«, hörte er sich sagen. Eine Lichtspur folgte seinen Worten, die wie eine Sternschnuppe durch das Zimmer flogen.

»Was?« Florence öffnete die Augen.

»Ich kann das Hotel führen. Bis du wieder auf den Beinen bist.«

Florence drehte langsam den Kopf zu ihm.

»Nein, Vincent. Das kann ich nicht von dir verlangen. Ich bin sicher, meine Eltern …«

»Rupert wird mir helfen«, beharrte Vincent, »und Zelda und Dr. Maabootte. Ich weiß, dass ich Mist gebaut habe, aber ich habe aus meinen Fehlern gelernt. Diesmal wird es anders, das verspreche ich.«

»Ich weiß, Vincent.« Sie drückte seine Hand. »Du … bist … der … beste … Freund … den … ich … habe …« Florence fielen die Augen zu, und sie versank wieder in Schlaf.

Florence hatte nicht Ja oder Nein gesagt, aber Vincent wusste, dass sie eine solche Entscheidung jetzt nicht treffen konnte. Doch Vincent war klar, dass sie keine andere Wahl hatten, sie nicht und er nicht. Er hatte die Zukunft nicht aufhalten können, aber er konnte jetzt für Florence sorgen.

»Mach dir keine Sorgen, Florence«, flüsterte Vincent. »Du konzentrierst dich darauf, gesund zu werden, und ich kümmere mich um alles andere.« Vincent küsste Florence auf die Hand und schlüpfte zur Tür hinaus.

Draußen wartete Rupert.

»Per-r-rfekt. Das Wichtigste zuerst.« Rupert reichte Vincent ein Paar brandneue türkisfarbene Stiefel, genau wie die von Florence.

Vincents Gedanken überschlugen sich.

»Aber wie hast du gewusst, dass ich anbieten würde, das Hotel zu führen? Ich … ich hab's ja selbst nicht gewusst.«

»Komm, komm, komm, Vincent! Ich weiß so vieles. Meine Schurrbartspitzen sind wie Antennen. Sie empfangen Signale aus der Vergangenheit, der Gegenwart und der Zukunft. Das müsstest du doch allmählich wissen.« Rupert zwirbelte seinen Regenbogenschnurrbart – dessen Spitzen nun wirklich wie Antennen aussahen. »Ich bin nicht umsonst Empfangschef des Großartigsten Hotels der Welt, mein Junge.«

Vincent tauschte seine Schuhe gegen die türkisfarbenen Stiefel. Sie passten perfekt. Er ging in kleinen Kreisen, um sie spielen zu hören.

»Beethoven«, verkündete Rupert mit jener seltsamen Mischung aus Freude und Angst, wie man sie nur in echten Krisensituationen hört. »Um dich daran zu er-rinnern, dass du die Dinge auf deine Weise anpacken musst. Auch jetzt. Besonders jetzt. Also, was steht an? Ah ja …«

Rupert zog Min aus seiner Brusttasche und reichte sie Vincent.

»Min!« Er drückte das Hündchen an die Wange, und sie überschüttete ihn mit Hundeküssen.

»Und drittens. Es wird unmöglich sein, das Hotel zu führen und jeden Tag runter nach Barry zu fahren.

Du und deine Familie, ihr werdet hier einziehen müssen. Ich fürchte, es geht nicht anders.«

Zelda hat wieder mal recht gehabt, dachte Vincent. Gutes entsteht aus Schlechtem. Vom ersten Tag an hatte er davon geträumt, seine Familie ins The Grand zu bringen. Er wünschte bloß, ihr Glück wäre nicht von so üblen Winden hergeweht worden. Wie konnte er sich mit seiner Familie freuen, solange Florence litt?

»Ich schicke einen Lastwagen runter und ein paar Umzugsleute, die euch packen helfen.«

Vincent nickte.

Von irgendwo aus der Ferne kam ein Schwirren, als flöge eine Schwadron Propellerflugzeuge im Tiefflug übers Hotel.

»Was ist das?«, fragte Vincent.

»Die Kolibris. Sie machen das, seit Florence krank ist.«

Vincent wusste nicht, warum, aber das Geräusch von einem Schwarm Kolibris, die eine Million Mal pro Sekunde mit den Flügeln schlugen, machte ihn nervös.

Er blickte auf seine schönen Stiefel hinunter.

Genau wie in der Vision.

Aber plötzlich war alles real. Er trug die Verantwortung. Er würde das Großartigste Hotel der Welt leiten!

Vincents Selbstvertrauen bröckelte. Er fühlte ein erdrückendes Gewicht auf den Schultern, als habe jemand einen Bus darauf abgestellt. Was bildete er sich ein? Er wusste nicht mal, wie man ein ganz gewöhnliches, einfaches Hotel führte, ganz zu schweigen von einem wie The Grand.

»Ich weiß nicht, ob ich das schaffe, Rupert.«

»Ganz im Gegenteil, Vincent, du bist der *Einzige*, der das schafft.«

»Aber ich bin kein Wainwright-Cunningham. Ich bin bloß ein Schuhputzjunge.«

Rupert lachte. »Du bist nicht bloß ein Schuhputzjunge, Vincent! Du bist ein Schuh-Schlüpfer! Der beste Schuh-Schlüpfer, den ich je gesehen habe. Das hat mein Schnurrbart schon bei unserer ersten Begegnung am Bahnhof von Barry gewittert.«

»Ein was?«

»Ein Schuh-Schlüpfer!«, wiederholte Rupert.

»Was ist ein Schuh-Schlüpfer?«

»Ein Schuh-Schlüpfer besitzt die Fähigkeit, in die Schuhe anderer zu schlüpfen. Du kannst dich in sie hineinversetzen. Das ist deine Gabe. Und nicht nur in manche Menschen. In alle. Deshalb verstehst du auch, was ›großartig‹ wirklich bedeutet. Und du verstehst es nicht nur mit dem Kopf, sondern auch mit dem Herzen. Das ist nämlich ein himmelweiter Unterschied. Du spürst in deinem Herzen, warum *jeder gelegentlich ein bisschen Großartigkeit braucht*. Warum glaubst du, dass du dir immer solche Mühe mit den Schuhen der Leute gibst? Das mag unbedeutend erscheinen, aber wie soll man jemand glücklich machen, der wunde Füße hat?«

Ein Schuh-Schlüpfer. Ruperts Worte stemmten den Bus nach oben, bis er über Vincents Schultern schwebte. »Ich hoffe, du hast recht.«

»Natürlich habe ich recht. Und jetzt los, los, los. Es gibt viel zu tun.«

KAPITEL 20

Einzug

Vielleicht überrascht es dich, moderner Leser, dass Vincents Familie nichts dagegen hatte, in das Großartigste Hotel der Welt zu ziehen. Und obwohl sie durch Vincents Berichte vorbereitet waren, hingen allen, einschließlich Thom, vor Verwunderung die Zungen aus den Mündern wie aufgetaute Steaks, als sie durch das Eingangstor fuhren.

»Atmen, blinzeln, schlucken nicht vergessen! Und nicht in die Hose machen!«, kommandierte Vincent.

An seinem ersten Tag am Empfang überraschte Vincent sich selbst. Er fühlte sich erstaunlich ruhig und sicher. Es ist seltsam, dass kleine Dinge unser Leben manchmal völlig aus der Bahn werfen, während die großen es erhellen wie die Pistenbeleuchtung einer Startbahn.

Als Erstes ließ Vincent die Tür zum Spiegel-der-Zukunft-Zimmer von zwei Hausmeistern zunageln. Dann ließ er das Schild abnehmen und außen neun schwere Schlösser anbringen. Nun wäre man nur ins Zimmer gelangt, indem man eine Stange Dynamit unter der Tür durchschob und sie damit in die Luft jagte.

Als Zweites bat Vincent seinen Vater, ob er seinen alten Job als Schuhputzer übernehmen könnte. Der war mehr als glücklich, eine Auszeit von FishyKittys zu nehmen, und sagte, er sei heilfroh, nicht länger den ganzen Tag große Bleche mit verrottetem Fisch aus einem 400 Grad heißen Ofen holen zu müssen.

Als Drittes ging er mit Rose ins Grand Theatre. Der neue Regisseur aus New York gab ihr einen Job als Bühnenfegerin. Er sagte, viele Weltstars hätten so angefangen und die Aufführungen aus den Kulissen mitverfolgt. Er sagte auch, er müsse die Hunderte von Gefühlen nicht erst sehen, die Rose allein mit ihren Augenbrauen ausdrücken konnte, um zu wissen, dass sie eines Tages ganz groß rauskäme.

»Ich fass es nicht«, schrie Rose. »Mein GANZES LEBEN habe ich auf diesen Moment gewartet, und jetzt ist er da!«

Und als er Rose mit einem echten Satincape ausstattete, das schimmerte wie die Erde vom Weltraum aus, musste sie in eine Papiertüte pusten, weil sie vor Begeisterung hyperventilierte. Der Regisseur sagte, sie solle sich hinsetzen und den Kopf zwischen die Knie nehmen, damit sie nicht in Ohnmacht fiel.

»Das ist ja so unglamourös«, jammerte sie. Doch er versicherte ihr, sie sei nicht die erste Schauspielerin, die so reagiere, worauf Rose so hektisch schnaufte, als würde sie für einen Horrorfilm vorsprechen.

»Hast du das gehört? Er hat mich Schauspielerin genannt. DER REGISSEUR HAT MICH GERADE SCHAUSPIELERIN GENANNT!«

Zum Glück hatte Rose ihren Mund noch in einer Papiertüte, sonst hätte der Regisseur die übelsten Flüche gehört, die je über die Lippen einer Siebenjährigen gekommen sind. (Aus irgendwelchen Gründen findet mein Co-Autor das rasend komisch. Er flucht jetzt auch begeistert in eine Papiertüte und freut sich dabei wie ein Schnitzel.)

Und während Vincents Mum darauf vorbereitet war, genau das zu tun, was sie immer tat – nur ohne Kochen, Putzen und Einkaufen –, nämlich auf Thom aufzupassen, stellte sich plötzlich heraus, dass das gar nicht mehr nötig war. Kaum hatte Thom die Lobby betreten, rannte er geradewegs zu den Aufzügen. Er drückte den Knopf und beobachtete, wie das Licht von einer Zahl zur nächsten wanderte. Als sich die Türen öffneten, stürzte er hinein und legte sich auf den Boden unter Zeldas Flügel.

»Du musst Thom sein. Ich habe dich schon erwartet. Willkommen im Großartigsten Hotel der Welt!«

Thom lag mit geschlossenen Augen unter dem Flügel und hörte Zeldas wunderbarem Spiel zu. Er war so glücklich, dass es aussah, als segle er in der Musik dahin. Um die Mittagszeit konnte er bereits von eins bis sechzehn zählen. Er setzte sich auf den Stuhl in der Ecke und drückte die Knöpfe für die Gäste. Noch erstaunlicher war, dass er jeden von ihnen anlächelte. Und so kam es, dass Vincents Mutter zum ersten Mal seit Vincents Geburt vor elf Jahren wieder Freizeit hatte.

Zunächst saß sie einfach in der Lobby, Hunde zu ihren Füßen, und staunte über die Unergründlichkeiten des Großartigsten Hotels der Welt. Sie sah, wie selbstsüchtige Gäste sich in großzügige verwandelten, wie die Kaltherzigen freundlich und die Grantigen liebenswert wurden, und wie die Traurigen plötzlich gute Laune bekamen. Vincent merkte bald, dass seine Mutter eine natürliche Begabung dafür hatte, jedem das passende Zimmer zuzuweisen. Rupert, der unter Nana Wainwright-Cunningham ausgebildet worden war, sagte, seit Nana sei ihm ein solches Talent nicht wieder untergekommen. Er weinte vor Rührung, als er ihr bei der Arbeit zuschaute. »Oh ja«, schluchzte er, »das ist *genau* das Zimmer, das Nana gewählt hätte. Br-r-ravo, br-r-ravo, br-r-ravo!« Nun konnte er sich ganz auf die Gästeeinweisung konzentrieren und Vincent helfen, wann immer der ihn brauchte. Was ziemlich oft war. The Grand war schließlich ein RIESIGER Betrieb, und Vincent musste viel lernen. Nachschub, Anlieferungen, Zimmerpflege, Tierversorgung, Personal, Essen, Unterhaltung und die Instandhaltung der Außenanlagen. Doch das Wichtigste war, dass jeder Gast, der die Lobby betrat, sein bisschen Großartigkeit bekam.

Sobald alle Familienmitglieder ihren Platz gefunden hatten, stürzte er sich in die Arbeit, und das Hotel summte zu den Klängen von Beethovens Neunter. Mit Vincent am Pult harmonierte der Betrieb wie ein Orchester, das schon ein Leben lang zusammenspielt. Natürlich gab es auch die eine oder andere falsche Note, aber *niemals* verließ ein Gast das Haus ohne ein bisschen Großartigkeit. Und das war unterm Strich das Wichtigste. In der Mittagspause und nach Feierabend saß Vincent bei Florence. Er brachte ihr Tomatensandwiches – an denen sie gelegentlich knabberte – und las ihr die Briefe ihrer Eltern vor, die immer noch in dem Kriegsgebiet festsaßen. Er unterhielt sie mit Geschichten über die Gäste und Neuigkeiten von den Tieren, kurz, er hielt sie auf dem Laufenden. In jeder freien Minute war er an ihrer Seite. Manchmal schien es ihm, als sei ein wenig Farbe in ihre Golfballwangen zurückgekehrt oder ein bisschen mehr Fleisch auf ihre hervorstehenden Knochen. Aber das war mehr Wunschdenken als Realität.

Doch als Vincent eines Tages in ihr Zimmer kam, saß sie im Bett. Sie aß ein ganzes Tomatensandwich und zwei Bällchen-in-beliebiger-Geschmacksrichtung.

»Welcher Geschmack?«, wollte Vincent wissen.

»Pfannkuchen mit Ahornsirup«, sagte sie. »Und du?«

»Käse und Speck, wie immer! Ob du's glaubst oder nicht. Mir fällt einfach nichts anderes ein, wenn ich eins in den Mund stecke!« Da lächelte Florence ein bisschen über ihren witzigen Vincent.

»Noch nie hatte ich einen Freund wie dich«, sagte sie und leckte sich die Finger. »Niemand hat sich je um mich gekümmert. Bei uns Wainwright-Cunninghams kümmert man sich nicht. Das *ist* einfach so.«

»Nun, vielleicht haben wir einander ja genau zur richtigen Zeit getroffen. Du brauchtest Hilfe, und ich brauchte Hilfe. Wir haben uns gegenseitig gerettet.«

»Auf jeden Fall hast du mich gerettet, Vincent. Das steht schon mal fest. Ich weiß nicht, wie ich dir jemals dafür danken kann.«

»Keine Ursache, Florence. Denk dran, wir sind Freunde. Für so was sind Freunde da.«

In dieser Nacht schlief Vincent wie ein junger Gott. Als er am nächsten Morgen erwachte, fühlte er sich frisch wie die Bergluft, voll Sonnenschein und Hoffnung. Doch gegen Ende des Tages verschlechterte sich Florence' Zustand. Als Vincent in die Klinik kam, merkte er sofort, dass etwas nicht in Ordnung war. Emerson, ihr Taschenhund, hatte sich direkt über ihrem Herzen zusammengerollt. Florence öffnete nicht die Augen und hob auch nicht den Zeigefinger, wie sie es sonst tat, um Vincent zu zeigen, dass sie seine Anwesenheit spürte. Er sah, dass sie nicht einmal genug Energie zum Zuhören aufbrachte. Also setzte er sich an den Bettrand und hielt ihre Hand.

Florence sah so winzig aus. Ihre türkisfarbene Brille wirkte plötzlich riesig auf ihren eingefallenen Wangen. Ihr Zimthaar war dünn und spröde. Vincents Gedanken flogen hinauf auf die Plattform, wo sie Tomatensandwiches gegessen und den Vögeln im Aufwind zugesehen hatten. Er versuchte, sich die alte, gesunde Florence vorzustellen, jene, die die Freitreppe zwei Stufen auf einmal nahm oder ihn beim Schaukelpferdrennen alt aussehen ließ. Aber es gelang nicht. Sie entglitt ihm.

In der Ferne zuckte ein Blitz und erhellte das ganze Zimmer.

Ein Sturm zog auf.

»Scheint eine wilde Nacht zu werden, Florry«, flüsterte er ihr zu. »Ich schau nur eben, ob alles dicht ist und die Gäste an Bord sind. Bin zurück, sobald ich kann. Versprochen.«

Vincent zog das rote afrikanische Tuch mit den Elefanten bis zu Florence' Schultern hoch, zündete ein paar von Zeldas *muti*-Räucherstäbchen an, die nach Lakritz rochen, und eilte zum Hotel zurück. Während er durch den Park rannte, wurde das Unwetter immer heftiger. Blitze ließen die Mabombo Ranges taghell erscheinen. Die verwirrten Kolibris begannen mit den

Flügeln zu schlagen und füllten das Tal mit einem Dröhnen wie von Millionen Motorrädern. Als er die Freitreppe erreichte, prasselten Hagelkörner, groß wie Golfbälle, vom Himmel.

Die Gäste hatten sich in der Lobby versammelt, um dem Unwetter zuzuschauen. Selbst jene, die im Zimmer der Extremwetterlagen wohnten. Vincent sah seine Familie. Thom, der seinen Taschenhund Rhabarber zärtlich an sich drückte, Rose in ihrem schimmernden Cape. Seine Eltern, Arm in Arm, ihre Körper vom Glück wie runderneuert. Das Leben eines jeden verwandelt vom Großartigsten Hotel der Welt.

Nachdem er sich überzeugt hatte, dass es allen gut ging, zog Vincent einen Regenmantel über und trat wieder in den Sturm hinaus.

»Vincent! Du kannst jetzt nicht raus!«, rief Rupert. »Glaub mir, mit einem Mabombo-Sturm ist nicht zu spaßen.«

»Aber ich muss«, flehte Vincent. »Sie ist allein. Ich kann sie nicht allein lassen. Nicht heute Nacht.« Tränen rollten über seine Wangen. Er hatte das Gefühl, dass auf seiner Rollbahn ein Pistenscheinwerfer nach dem anderen ausging.

Rupert nickte. »Gut. Gib mir Min. Ich halte hier die Stellung. Nimm den Seitenpfad. Er ist länger, aber sicherer. Und halte dich von Bäumen fern.«

»Danke, Rupert.«

»Komm her«, sagte er, steckte Min in seine Brusttasche und umarmte Vincent fest. »Gib Florry einen Kuss von mir.«

Vincent flog die Stufen hinunter. Um ihn her explodierten Hagelkörner wie Eisbomben. Er folgte Ruperts Rat und nahm den Pfad, der an der Seite des Hotels entlangführte. Die dunklen Gipfel der Mabombo Ranges und seine blinkenden Stiefel halfen ihm, die Richtung zu finden, und er rannte, so schnell er konnte, zur Klinik. Dann passierte etwas Sonderbares. Vincent hörte Geräusche. Es klang wie Stimmen. Singstimmen. *Da ist doch keiner hier draußen jetzt?* Doch dann hörte er es wieder. Wie ein Geist, der den gewaltigen schwarzen Gipfeln des Mabombo entstiegen war. Aber es kam nicht von den Bergen. Es kam ganz aus der Nähe. Ohne sein Tempo zu verlangsamen, senkte Vincent den Blick. *Meine Stiefel! Es kommt von meinen Stiefeln.*

Nie zuvor hatten seine Stiefel gesungen.

Es war, als empfingen sie Signale von einer Radiostation weit draußen im Universum, oder ein altes Lagerfeuerlied der Ureinwohner tief aus der Vergangenheit. Vincent rannte weiter. Die Stimmen wirbelten um seinen Körper, senkten sich in seine Brust und umhüllten sein Herz wie eine warme Decke. Jetzt kamen auch noch Streicher dazu. Dann Stampfen und der Klang von Alphörnern. Und über den Alphörnern diese Stimme. Sie rief ihn von den Berggipfeln, aus den Wüsten und den uralten blauen Meeren.

Vincents Beine gaben nach, und er stürzte. »Aiii!«

Er lag auf dem durchgeweichten Boden. Ein Teil von ihm wünschte, er möge darin versinken, ein anderer wollte es verhindern. Er trommelte mit den Stiefeln auf den Boden und weinte.

Nicht Florence. Bitte. Nicht Florence. Bitte nicht Florence.

Ein Blitz erhellte das Tal.

Vincent sah etwas neben seinem Arm liegen. Es war die türkisfarbene Schuhwichse, mit der er immer Florence' Stiefel geputzt hatte.

Beim nächsten Blitz merkte Vincent, dass er auf dem Schrottplatz für kaputte und begrabene Träume gelandet war. Genau neben dem Schrein, den er errichtet hatte, um den Traum zurückzulassen, er könne Florence vor dem schrecklichen Ereignis in ihrer Zukunft bewahren, vor dem schrecklichen Ereignis, das jetzt eingetroffen war.

Vincent nahm die Tube mit der Wichse. Inmitten von Dunkelheit und Regen versuchte er, sie wieder oben auf den Schrein zu legen. Dann sprach er in die Nacht hinein. Es schien verrückt, aber das war ihm gleich: »Das ist mein Traum für Florence, das großartigste Mädchen der Welt. Ich träume davon, dass sie immer ihr bisschen Großartigkeit haben wird, egal wo sie ist.«

KAPITEL 21

Familienbetrieb

Das Morgenlicht weckte ihn. Zunächst wusste Vincent nicht, wo er war. Dann sah er, wie Emerson sich auf und ab bewegte, fest schlafend lag er auf Florence' Brust. Erleichterung durchflutete ihn. Sie lebte. Florence war noch lebendig. So lebendig, dass sie ein bisschen schnarchte. Lächelnd lauschte Vincent auf ihre spitzen, kleinen Schnarcher. Sie hatten etwas so Tröstliches. Etwas so Lebendiges. Auf Zehenspitzen schlich er aus dem Zimmer, ohne sie zu wecken, und kehrte ins Hotel zurück.

Draußen hatte der Himmel aufgeklart. Die Kolibris hatten sich beruhigt und zu flattern aufgehört, eine nasse, goldene Stille erfüllte das Tal. Als er die Lobby betrat, kam ihm aus dem Frühstückssaal der Geruch von Kaffee, frischen Croissants und geschmolzener Schokolade entgegen.

Vincents Familie war noch am Fenster und beobachtete, wie die letzten Gewitterwolken über den Bergen verschwanden.

»Bogen!«, sagte Thom und deutete auf einen Regenbogen, der sich von einer Seite des Tals zur anderen spannte.

»Richtig, Thom! Ein Regenbogen«, sagte Vincent.

Thom drehte sich um und lächelte. »Wegenbogen.«

Vincents Dad musterte Vincent von oben bis unten. »Was ist denn mit dir passiert?«

Vincent sah an sich hinunter. Seine Uniform war schlammverkrustet. »Das ist eine lange Geschichte.«

»Die kannst du uns ja beim Frühstück erzählen.«

»Das mache ich.«

Vincents Mum gab ihm einen Kuss. Dann nahm sie Thom bei der Hand. »Wir gehen Giraffen gucken, ja?« Und sie spazierten Richtung Frühstückssaal.

»Besser nicht neben Vincent setzen«, sagte Rose und steppte hinter ihnen her. »Er riecht nach Elefantenkacke.«

Vincent schnupperte an seiner Jacke. Rose hatte recht. Er muffelte tatsächlich etwas.

Bevor er mit seiner Familie frühstückte, duschte Vincent und zog sich eine frische Uniform an. Dann ging er auf die Terrasse, um sich ein Bild von den Sturmschäden zu machen. Auf Fin's Island war ein Baum umgestürzt, ansonsten schien alles in Ordnung zu sein. Der See, ein blanker Spiegel, verband die beiden Enden des Regenbogens. Er zeigte das Spiegelbild des Hotels in einer farbig gerahmten Blase aus Licht. Und in der

Blase eine perfekte Welt, so perfekt, dass sie jeden Augenblick davonschwimmen konnte.

Vincent sah einen Gast, der auf einem Lama um den See geritten kam. Als er sein Fernglas nahm, um zu sehen, ob ein Kackesammler in der Nähe war, traute er seinen Augen nicht.

Es war kein Gast.

Es war Florence! Sie war auf! Sie trug ihren milchblauen Samtrock und die mit Perlen und Federn verzierte Jacke. Ihr Zimthaar glitzerte in der Sonne.

Vincent nahm die Freitreppe drei Stufen auf einmal. »Florence! Florence!«

Er rannte um den See.

»Florence!« Vincent half ihr beim Absteigen. Er nahm sie in die Arme und drückte sie, so vorsichtig er konnte, obwohl jedes Atom in ihm sie eigentlich so fest umfangen wollte wie eine fünf Nummern zu kleine Hose. »Oh, Florence. Du bist wieder gesund! Bist du wieder gesund? Du bist gesund! Solltest du nicht im Bett sein?«

»Dr. Nelson hat mich heute Morgen untersucht. Er sagt, ich habe mich erstaunlich erholt. Es grenzt an ein Wunder! Das waren seine Worte. Er sagt, er möchte noch ein paar Untersuchungen machen und meine Therapie fortsetzen, aber es scheint, dass ich über den Berg bin«, erklärte sie lächelnd.

»Das ist die beste Nachricht, die ich je bekommen habe. Je-je-jemals!«

»Du klingst wie Rupert.«

»Stimmt. Du hast recht!«

Beide lachten.

»Was war mit dem Unwetter gestern Nacht?«, wollte Florence wissen, ihre rosigen Wangen leuchteten. »War das nicht großartig? Aber lass uns frühstücken – ich bin am Verhungern!«

Florence sah sich im Frühstückssaal um, der voll zufrieden kauender und lachender Gäste war. An den Fenstern kauten die Giraffen ihre Karotten wie Kaugummikugeln, und die Band spielte fetzigen Jazz, der pro Tisch mindestens einen Gast auf die Tanzbeine brachte.

»Oh, Vincent! Sieh nur, was für einen großartigen Job du gemacht hast!«

Diesmal war es Florence, die ein paar Tränen vergießen musste. Sie nahm Vincent fest in die Arme.

»Ich bin so froh, dass du so froh bist, Florence. Aber noch froher bin ich, dass du wieder in Ordnung bist.«

»Sagen wir mal, nach Tomatentoast und einem Stapel Pfannkuchen werde ich in Ordnung sein!«

Vincent war ein bisschen aufgeregt, als er Florence an einen Tisch mit Mum und Dad und Rose und Thom setzte. Bald kamen auch noch Luz und Tracee und Rupert und Zelda und Dr. Maabottee dazu. Luz und Tracee waren so glücklich, Florence auf zwei Beinen zu sehen, dass sie sofort den »Freu dich des Lebens« aufs

Parkett legten. Rupert brach in eine Tränenflut aus und zog Florence in eine extraheftige Umarmung. »Florry, meine Florry. Wir haben unsere Florry zurück!« Zelda und Dr. Maabottee konnten unmöglich warten, bis Rupert sie wieder losließ, und umarmten gleich beide zusammen.

Nach dem Sturm und Florence' Genesung hatten alle einen Bärenhunger.

»Ich sehe, du isst gern Eier, Thom«, sagte Zelda, während sie sich ihrem scharfen Chips-Omelette zuwandte, mit Suaheli Donuts als Beilage.

Thom blickte auf seinen Teller, randvoll mit Spiegeleiern, Rühreiern, pochierten Eiern und Eiern in jeder erdenklichen Zubereitungsart.

»Eier, Vier«, sagte Thom. Er rutschte von seinem Stuhl und zupfte Vincent am Arm.

»Was willst du, Thom?«

»Vier. Für Vincent.« Dann rannte er zur Band, die gerade Pause machte, und kletterte auf den Klavierstuhl. Er legte die Hände auf die Tasten und begann, Erik Saties Gymnopédie Nr. 1 zu spielen.

Und zwar perfekt.

Im Saal wurde es ruhig.

Dann mucksmäuschenstill.

Alle waren verblüfft. Selbst die Giraffen hielten im Kauen inne und sahen zu, wie Thoms kleine Finger flink und zärtlich über die Tasten tanzten.

Vincent war so stolz, Thoms großer Bruder zu sein. Und als er in die Gesichter seiner Eltern blickte, hätte er schwören können, dass in genau diesem Moment ihre Hoffnungen und Träume zurückkehrten, sie kamen durch die Fenster des Frühstückssaals hereingeschwebt wie große gelbe Heißluftballons.

»Ich glaube, wir haben soeben unseren neuen Lobbypianisten entdeckt«, verkündete Rupert.

Vincent und Florence nickten. Unterm Tisch griff Florence Vincents Hand und drückte sie fest.

In den folgenden Monaten beendete Florence ihre Therapie, und Dr. Nelson gab ihr grünes Licht. Mit jedem Tag wurde sie kräftiger. Und gemeinsam leiteten Vincent und Florence das Großartigste Hotel der Welt.

Eines Morgens, als er gerade die Taucherbrillen und Sauerstoffgeräte im Wasserparadies und den Luftdruck im Wolkenzimmer checkte, wusste Vincent plötzlich, dass die Zeit gekommen war. »Eigentlich bist du jetzt kräftig genug, um The Grand alleine zu führen, Florence. Du brauchst uns nicht mehr.«

Florence hielt in dem inne, was sie gerade tat. Sie schob ihre grüne Brille nach oben und sah Vincent an. Es dauerte eine Weile, bis sie antwortete.

»Ja. Da hast du recht. Das kann ich. Aber um ehrlich zu sein – und ich hoffe, meine Vorfahren hören jetzt nicht zu –, ist es ein ziemlich hartes, einsames Geschäft. Und realistisch betrachtet werden meine Eltern wohl kaum demnächst zurück sein. Es gibt immer wieder einen neuen Bergnebelfrosch, der gerettet werden muss. Das Kranksein hat mir eines klargemacht, Vincent. Etwas, worüber ich vorher nie nachgedacht habe. Wenn man sich von anderen helfen lässt, ist das genauso großartig, wie wenn man ihnen hilft. Vielleicht sogar noch großartiger. Und deshalb wollte ich dich was fragen.«

»Schieß los.«

»Meinst du, deine Familie und du, ihr könntet vielleicht bleiben? Wir haben eine Schule, in der die Kinder der Angestellten unterrichtet werden, einschließlich ich, wenn ich die Zeit dazu finde.« Florence biss sich auf die Oberlippe und zog die Nase kraus.

Vincent sagte nichts, sein Schweigen kam Florence wie eine Ewigkeit vor.

Er schluckte, bevor er endlich den Mund aufmachte.

»Gut, dann will ich auch ehrlich sein, Florence. Ich habe The Grand wirklich gern geleitet, aber im Grunde tue ich nichts lieber, als die Schuhe anderer Leute zu putzen. Ich habe sogar Thom beigebracht, wie man die Schuhwichsen mischt. Er ist ein Naturtalent, obwohl ich glaube, dass er lieber am Klavier sitzt. Und Dad und ich würden gern ein gemeinsames Geschäft aufbauen. Mr D'Silva hat uns Startkapital angeboten. Du kannst dir nicht vorstellen, wie viele Bestellungen wir wöchentlich für die Happy-High-Heel-Einlagen und für Vincents Fruchtiges Fußdeo bekommen. Dad und ich dachten, wir nennen unser Unternehmen Barry Boots 'n' Shoes.«

Florence, die beim Zuhören unwillkürlich die Luft angehalten hatte, atmete erleichtert aus. »Das passt doch. Wir brauchen jemand, der die Schuhe der Gäste putzt, und ihr braucht Kunden und einen Platz für euren Familienbetrieb!«

Da wurde Vincent erst so richtig klar, dass sein Schuhputzgeschäft tatsächlich ein Familienunternehmen war.

In Vincents Kopf zündeten sofort jede Menge guter Ideen. »Ich weiß, dass meine Mutter gern bei der Zimmerverteilung helfen würde. Und Thom und Rose wären überglücklich, wenn sie hierbleiben dürften.«

»Dann wäre ja alles geklärt«, sagte Rupert, der wie aus dem Nichts auftauchte und etwas Großes unterm Arm trug. »Wie findest du das?«

Rupert steckte das Etwas in die Steckdose und hielt es hoch: Es war ein brandneues Neonschild »Barry Boots 'n' Shoes im The Grand«.

Vincent hütete sich zu fragen, wie er das wissen konnte.

»Los, los, los, wir haben zu tun!«, verkündete Rupert. Arm in Arm gingen die drei zurück in die Lobby, Rupert in der Mitte. Bei jedem Schritt versetzten seine hyperaktiven Hüften ihnen einen Schubs.

Und so zogen Vincent und seine Familie dauerhaft in das Großartigste Hotel der Welt. Florence' Eltern vervollständigten ihre Gen-Bank zur weltweiten Rettung gefährdeter Arten und stürzten sich dann gleich ins nächste großartige Projekt. So war es ihnen vorbestimmt. Und allein in dem Zeitraum, in dem mein Co-Autor und ich dieses Buch geschrieben haben, schafften es fünf weitere Wainwright-Cunninghams ins *Guinness-Buch der Rekorde.*

Und Vincent putzte wieder Schuhe mit der Schuhputzkiste seines Großvaters vor dem roten Ledersessel neben dem Aufzug. Bis zum heutigen Tag drehen Florence und Vincent die eine oder andere Runde auf der Schaukelpferdrennbahn und essen mittags – ihre Taschenhunde im Schoß – Tomatensandwiches auf der Plattform für Waghalsige. Mit den Ferngläsern vor den Augen beobachten sie dabei die kreisenden Adler – oder sind es Kondore? –, während ihre türkisfarbenen Stiefel Bach und Beethoven spielen.

Man denke nur!

Das alles.

Verdankt sich.

Einem einzigen MONUMENTALEN Moment.

Anmerkung zu meinem großartigen Co-Autor Finley Wright Curnow

2017 wurde mein Lieblingspatensohn, der neunjährige Finley Wright Curnow, sehr krank. Man entdeckte bei ihm einen unheilbaren Gehirntumor. Da ich nicht weit, nur auf der anderen Seite der Bahnstrecke, wohne, besuchte ich ihn oft. Als es ihm schlechter ging, schrieb ich ihm manchmal Mails oder legte Briefe auf die Veranda. Eines Tages erzählte ich ihm von meiner Idee für dieses Buch und bat ihn, mir bei der Erfindung des Großartigsten Hotels der Welt zu helfen. Hätte er vielleicht ein paar Einfälle für die Zimmer? Wenn nicht, sei es auch nicht schlimm. Ich weiß, dass Kranksein eine Menge Energie kostet.

Schon am nächsten Tag kam ein Brief von Finley.

Hätte er vielleicht ein paar Einfälle für die Zimmer?

Aber hallo! Und ob er die hatte.

Er hatte die *unglaublichsten* Ideen!

Das Schwebezimmer, das Achterbahnzimmer, das Weißt-du-noch-Zimmer … alles Finleys Ideen.

Aber es kamen noch mehr. Und eine seiner Ideen traf mich wie ein Baseball-Schläger: »Ein Spiegel-der-Zukunft-Zimmer. Der Schuhputzjunge entdeckt das geheime Zimmer und sieht eine schlimme Zukunft für das großartigste Mädchen. Deshalb muss er den Lauf der Zeit ändern, um sie zu retten.«

WUMM!

In meinem Kopf schien etwas zu explodieren.

So ähnlich wie bei Vincent, als er das Spiegel-der-Zukunft-Zimmer betrat.

Während ich das schreibe, merke ich erst, wie viel ich Finley verdanke. Wie sehr dieses Buch auch seines ist. Und welch schrecklichen Verlust es bedeutet, dass er nicht länger bei uns sein und uns von seinen wundervollen, unglaublichen, brillanten Ideen erzählen kann. Er hatte seine eigenen Träume, und ich bin mir sicher, dass er zu einem großartigen Mann herangewachsen wäre.

Leider hat er diese Chance nicht bekommen. Aber wir haben die Chance, andere herrliche Kinder vor dem zu bewahren, was Finley zugestoßen ist. Deshalb geht ein Teil des Autorenerlöses von diesem Buch an den Children's Cancer Fund. Auch ihr könnt spenden: donate.ccia.org.au/donations.

Wäre es nicht AM ALLERGROSSARTIGSTEN, wenn wir es gemeinsam schaffen könnten, dass eine Therapie gefunden wird? Das wäre noch großartiger als ein Elefantenbaby!

Dank

Vincent und das Großartigste Hotel der Welt ist für mich ein ganz besonderes Buch.

Es wird für immer das einzige Buch bleiben, das ich gemeinsam mit Finley geschrieben habe, und das ist, wie Rose und Finley sagen würden, echt bescheuert. Deshalb geht mein größter Dank an Finley Wright Curnow, meinen Co-Autor, für alle seine originellen, magischen Einfälle.

Und nur für den Fall, dass ihr euch das fragt: Alle Hunde, die vor den offenen Kaminen in der Lobby liegen, sind Schokolade-Labradors, die nur Schokolade-Hundefutter fressen. Und alle heißen sie Maple. Maple 1, Maple 2, Maple 3 – alles klar?

Und da eine Reise zum The Grand leider nicht jedem vergönnt ist, verrate ich euch hier ein paar der Lehrsätze aus dem Finde-dein-inneres-Faultier-Kurs:

Faultierlehrsatz Nr. 1: Bestelle immer Zimmerservice, statt in den Speisesaal zu gehen. Drücke einfach auf den entsprechenden Knopf.

Faultierlehrsatz Nr. 2: Besuche deine Freunde immer zur Essenszeit, dann brauchst du nicht zu kochen.
Faultierlehrsatz Nr. 3: Gehe, wann immer möglich, nackt – das spart viel Wäsche.

Die zweitwichtigste Person, der ich zu danken habe, ist meine Verlegerin Holly Toohey. Holly war schon ein Fan von *The Grand*, bevor die ersten Worte auf dem Papier standen. Und als ich ihr diese ersten Worte dann übergab, war ich zugegebenermaßen ganz schwindelig und durch den Wind nach all den Runden im Tenzing, dem Drehrestaurant des The Grand. Doch statt mich auf den Schrottplatz für kaputte und begrabene Träume zu schicken, gab sie mir eine detaillierte Karte und schickte mich ins Das-kannst-du-besser-Zimmer. Und nach ein paar Monaten kam ich mit einem publizierbaren Buch wieder heraus. Auch Laura Harris von Penguin Random House möchte ich danken, dass sie grünes Licht für das Projekt gegeben hat. Und den Tim Tams und meiner geduldigen Lektorin Jess Owen, die wirklich jede Menge Pampigkeit von mir erdulden musste – und viel zu viele Ausrufezeichen!!!

Mein Dank geht auch an den einfallsreichen Rohan Smith, der mir tausend tolle Ideen für Zimmer geschickt hat, darunter auch das Tageszeitenzimmer, in dem immer die Tageszeit herrscht, die man sich gerade wünscht. Leider kommt es im Buch nicht vor, aber es liegt im siebten Stock, gleich links vom Aufzug. Er zeichnet auch verantwortlich für das unschmelzbare Schokosofa im Essbaren Zimmer. Zur gleichen Zeit wie Rohan traf ich auch Hayley und Grace, von denen die brillante Idee mit der Schaukelpferdrennbahn stammt. Entschuldigung, leider kann ich nicht mehr sagen, wer sie hatte. Daher Dank an euch beide!

Ganz besonders danke ich Katy Pike für ihre frühe Lektüre des Manuskripts. Sie hat mir gesagt, wovon diese Geschichte eigentlich handelt (wenigstens eine, die das wusste). Anna Craney hat mir geduldig zugehört, das Bedeutungsvolle vom Marginalen getrennt und vieles im Zusammenhang mit der Geschichte geklärt, dafür möchte ich ihr danken. Und Patrick Mangan für seine Pedanterie, eine nicht zu verachtende Eigenschaft (ja, Patrick, ich weiß, zu viele »und« auf einem Haufen). Und natürlich meiner Schreibgruppe für super Hinweise und generelle Unterstützung, Dank an: Marion, Denise, Jenny, Wendy, Debra, Sarah, Tracey, Katrina, Maala und Amanda.

Ich danke meiner Agentin Sara Crowe und allen bei Pippin Properties. Ich bin stolz, ein Pip zu sein.

Und schließlich meinen eigenen Kindern: Atticus, Franny und Levon (Erfinder des Unendlichkeitszimmers); sie sind die großartigsten Co-Träumer, die sich eine Träumerin nur wünschen kann.

Lisa Nicol ist Schriftstellerin und Dokumentarfilmerin. Ihr Filmporträt *Wide Open Sky* über einen Kinderchor in New South Wales gewann beim Sydney Film Festival 2015 den Publikumspreis für den besten Dokumentarfilm. Ihr Kinderbuch *Dr Boogaloo and The Girl Who Lost Her Laughter* wird derzeit als Musical für die Bühne adaptiert.
Lisa wohnt mit ihren drei Kindern und einem schrecklich stinkenden Hund an der australischen Südküste.